# ST警視廳科學特搜班

綠色調查檔案

目次

# ST警視廳科學特搜班——綠色調查檔案

# 1

警視廳科學搜查研究所中設置了特搜班，已是全國警政人員眾所周知的事實。

新設當初尚在試行階段時，警視廳科學特搜班的成員經常遭刑警白眼以對。畢竟「特搜」這兩個字，原本是專屬於偵查員，特搜班的成員連警察都不是，是技術人員。他們的主管是高考出身，這一點也引來第一線刑警的反感。本廳的刑事部與轄區的刑事課都有鑑識單位，沒有特別要科學搜查研究所的人出場之必要，反正他們也派不上用場，一定很快就解散了──過去這些刑警都曾這麼想。

然而，他們算錯了。

警視廳科學特搜班（Scientific Taskforce）簡稱ST，已數度破解了複雜離奇的案件，如今偵查員也不得不承認ST的實力。

ST這群人的辦公室，被稱為「ST室」，由於當初是暫時組織的單位，只被分配到過去用來作為倉庫的空間，雖冷清，但他們卻毫不介意。

時至暮秋，已漸漸感覺得到冬日的氣息。明明是個不折不扣的大晴天，陽光卻灑不進ST室，因為這裡的窗戶是朝北的。

背窗而坐的百合根友久在悄然無聲的ST室中不知如何自處。

ST令刑警反感的原因之一，即有個高考出身的主管，指的便是百合根。ST在組織上與「係」同級，因此百合根的正式職稱是「係長」，但ST的成員都喊他頭兒。百合根不知如何自處不是什麼稀奇的事，在這個辦公室裡，絕大多數時間他都處於這種狀態。

ST有五名成員，百合根剛開始領導他們時，曾努力想跟一般單位一樣，與他們進行日常對話，也試著想稍微了解成員個人的生活狀況，然而他的努力無不以失敗告終。五名成員在辦公室待命時彼此之間幾乎不交談，因此就像今天這樣，整間辦公室一片沉默。

從百合根所在之處看過去，正面是對外出入的門，門的兩旁是收放資料等物的鐵架。

一般警察辦公室的桌子都是面對面併排成中島型，好處是所有人一抬頭便就能舉行偵查會議。然而ST辦公室的辦公桌除了百合根的之外，全都面向牆壁。

從百合根這裡看過去，右手邊最遠的地方，也就是最接近門口的位置，坐的是第一化學專員黑崎勇治，負責化學、毒氣意外等的鑑定工作。

黑崎的嗅覺異常靈敏，在進到ST前，他的外號是人肉嗅覺感測器。所謂的嗅覺感測器，指的是氣相層析質譜儀，將沸點高達七百度的揮發性物質（氣體、液體）加以分離、識別的分離分析儀器。人類的嗅覺再怎麼厲害，也不可能到達質譜儀的程度，然而歷經幾次共同破解的案件，百合根親眼見識到他的嗅覺的確非比尋常。

黑崎長長的頭髮在腦後綁成一束，看上去頗有日本武士之樣。事實上他還真有柔道等好幾種古武道的真傳，一有空便會翩然步上武者修行之旅。他沉默寡言，非必要絕不開口。

黑崎的座位旁邊坐的是物理專員結城翠，她的專長是電路機械等意外的鑑定、聲紋等音聲的鑑定、槍枝的彈道比對等。

她一如往常地穿著暴露的服裝，白色安哥拉毛衣的領口挖得很深，豐滿胸部形成的乳溝清晰可見，黑色皮短裙底下伸出的一雙長腿正蹺著，微鬈的波浪長髮自然地披在背上。

她在辦公室裡總是戴著耳機聽著隨身聽，沒有人知道她在聽什麼。百合根也曾想過要問她，但一直遲遲沒有機會，只知道她若不戴著耳機聽點什麼，什麼聲音都逃不過她異常靈敏的耳朵。比方說，有人打電話給百合根，翠連對方的聲音都能聽得一清二楚。她戴著耳機，是為了她自己，更是為了不侵害身邊的人之隱私。

翠旁邊，即坐在最靠近百合根位子的，是第二化學專員，毒品、藥品、毒物專家山吹才藏。他的光頭加上背脊挺得筆直的模樣，總令人聯想到出家人，實際上他確實擁有禪宗的僧籍，家裡即是曹洞宗的寺院。百合根打從心底慶幸坐在他旁邊的是山吹，這個辦公室裡就只有山吹肯和他多說兩句話。

而面向另一側牆壁，最靠近門口的位子，則是屬於文書鑑定專員青山翔。

青山是心理學專家，心理鑑定、測謊、不明文本和筆跡鑑定他都在行，而最近新興的人物側寫也是他的專業領域。他擁有驚人的美貌，在他的美貌之前，絕大多數的人都會不知所措。百合根從他身上切身領悟到，美是一種力量。

美麗的青山翔的辦公桌卻亂得要命。所有的文件、書籍全都以不同的角度擱置著，因為青山有秩序恐懼症，在井然有序的地方會坐立難安。青山旁邊的座位是空位，他桌上雜亂堆積的文件隨時都會倒塌崩落，沒有人願意坐在他旁邊。

而這一排座位最靠近百合根的，是負責法醫鑑定的赤城左門的位子。赤城算是ST的領隊，但他本人卻說自己不是當領導者的料。

就百合根看來，沒有人比赤城更適合當領導者。

赤城擁有醫師執照，是個正牌的醫師，但因患有社交恐懼症，最後選擇了法醫學。患有社交恐懼症的醫師無法面對病患仔細問診，赤城雖克服了社交恐懼症，但在實習醫生時代發生了一些事情，還是多少殘留著畏懼女性的症狀。

「哎唷！」

靜悄悄的ST室裡響起了青山的怪叫。

「還是不行！」

百合根不由得看向青山，而青山則是盯著被文件掩埋的筆電螢幕看。

「怎麼了嗎？」百合根問。

「辛島秋仁的音樂會啦！」青山一臉不滿地說，「新東京愛樂的特別音樂會，辛島秋仁指揮，小提琴手請到柚木優子來擔任。」

「啊！」百合根說，「那個，我有票。」

「真的？」

「嗯，S席的兩張。」

「S席？那是白金席吔！」

「因為我爸有點關係，人家給的。」

「哦？頭兒的爸爸是做什麼的？」

「說到這，從來沒聽過頭兒談這些。」山吹說。

「你們不也都不談自己的私事不是嗎？」

百合根一這麼說，青山一副哪有的樣子答：「沒有啊，我們現在不就在談私事嗎？」

明明最不願意談私事的就是青山，就連這間辦公室裡的氣氛、話題，不都是被他所左右嗎？百合根心中暗自嘆息。

「如果你想要的話，票可以轉讓給你。」

青山的臉頓時亮起來。

「真的嗎？頭兒不去？」

「嗯，我對孟德爾頌沒什麼興趣。」

「S席，一張是一萬吧？兩張就兩萬。」

青山要從錢包拿錢。

「票在我家，我明天帶來，錢到時再給我就好。」

「你可別到時候又改變心意喔！」

我又不是你——百合根把這句話吞下去。

「放心。」

「不過，」山吹說，「真沒想到青山會喜歡古典樂。」

「為什麼？我喜歡古典樂很奇怪嗎？」

「古典樂，怎麼說呢，是一種協調的音樂不是嗎？我還以為你會討厭。」

百合根也感到很意外，就像山吹說的，他也以為有秩序恐懼症的青山受不了古典樂這種一板一眼的音樂。

「我不認為古典樂很協調啊，聲音的強弱、樂器的組合、每個指揮家指揮出來的樂音也不同，比起流行音樂更沒秩序，這才有意思啊。」

聽了青山這番話，百合根說：「龐克搖滾才沒有秩序吧？」

「那只是一直重複單調的和弦啊，八拍的節奏也好單調，乍聽之下是沒秩序，但其實根本就被秩序給制約了啊。」

「那爵士樂呢？爵士樂的即興演奏不是非常變化多端？同樣的演奏無法重來，應該是沒有秩序吧？」

「爵士的即興演奏也是被和弦給限制了，就算不被和弦限制，也會被調式綁住。從這個角度來看，古典樂在和弦的變化，也就是裝飾奏（Cadenza）的組合複雜多了。」

百合根說：「可是那也只是把樂譜上的符號原封不動地演奏出來吧？」

一聽這話，青山便不屑地微微蹙起眉頭：「把樂譜上寫的東西演奏出來，說得簡單，你知道那是多麼了不起的一件事嗎？不然，怎麼可能會有這麼長的歷史。就算是同一個交響樂團演奏同一個作曲家的交響樂曲，樂音也會因為指揮不同而不同，所以才有趣。」

「這樣啊。」

「像這種不插電的樂器聲，是最沒有秩序可言的，不信問翠就知道了。」

百合根朝翠看過去，她依舊是戴著耳機，一副事不關己的態度，看著雜誌。百合根不認為翠在聽他們的談話。

山吹對翠說：「是這樣嗎？」

翠轉頭看山吹，原來她都聽到了。

「對啊，因樂器不同而表現出不同音色，是因為人們聽得見的泛音的組合很複雜的關係。」

山吹問：「泛音的組合？」

「對。」翠回答，頭上依舊戴著耳機。

「純音，也就是正弦曲線的聲音就像廣播報時那樣，一點味道也沒有。以純音為基本音，而頻率為其整數倍的音，就叫作泛音。這些泛音混合起來就成為一個東西特有的音色，所以每種樂器聽起來才會各有不同的音色，若是用示波器來看，會呈現不同的波形。你們寺裡的鐘和別的寺裡的鐘音色不同，也是同樣的緣故。」

「為什麼會扯到那麼遠去。」赤城通透而低沉的聲音響起。「青山聽古典樂是什麼大問題嗎？」

百合根慌了：「也不是，只是有點意外。」

「青山有事沒事就會搬出一些歪理，但簡單來說就是個人的喜好，沒有什麼道理可言，所以青山討厭收拾整理，可是喜歡古典樂，就只是這樣。」

山吹說：「這麼說就一點樂趣都沒有了。」

百合根也這麼覺得，ST室難得有個話題可以聊得這麼熱絡。

「我倒是比較好奇，你這麼容易膩，在古典樂演奏結束之前能不能一直坐在位子上。」赤城說。

「我可是會認真聽的啊。」青山說。「不過要是讓我覺得膩了，聽到一半會離席就是了。」

「我就知道。」赤城對百合根說，「我看你最好還是重新考慮要不要把白金席的票讓給他。」

「放心啦！」青山說，「指揮可是辛島秋仁呢！而且小提琴家柚木優子也會回日本。」

「辛島？誰啊？」赤城不感興趣地問。

「你不知道辛島秋仁喔？」青山驚訝地反問。

「我對音樂沒興趣。」

「這可是現在當紅的話題啊！」

「你要是以為每個人都知道當前的話題，那就大錯特錯了。最近，醫學界最熱的話題是輔酶Q10，你知道嗎？」

「我怎麼會知道。」

「所以啊，音樂方面的事我也不知道。」

這兩件事不能相提並論吧，百合根心裡這麼想，但什麼都沒說。

青山解釋：「辛島是出生於日本的天才指揮家，現正受到全世界注目的年輕好手，他一直都在歐洲活動，這次是為了新東京愛樂的特別音樂會才凱旋歸國。他曾經留學維也納國立音樂學院，向漢斯．史瓦洛夫斯基學習指揮，還曾指揮過維也納愛樂呢！其他像是哈雷管弦樂團啦，巴黎管弦樂團啦，反正就是在很多管弦樂團擔任過客座指揮。」

「哦。」赤城似乎不感興趣。「頭兒，你的票有兩張？」

「嗯。」

「青山，你要找誰一起去？」

「我還沒想，不過，翠妳要不要去？」

翠一臉納悶地看向青山，問：「我幹嘛要去？」

「妳上次不是在聽莫札特的CD嗎？」

「那只是我聽說莫札特的音樂裡有很多高頻，可以平穩心緒才聽的。」

百合根覺得這是個好機會，可以問他之前就一直很好奇的問題，ST室裡難得這麼熱烈地談工作以外的話題。

「翠，妳平常都在聽什麼啊？」

翠轉頭看百合根，指指她的耳機問：「你說這個嗎？」

「嗯，都是在聽音樂嗎？」

「偶爾啦，不過通常是什麼都沒聽。」

「什麼都沒聽，為何還戴著耳機？」百合根說。像他們這樣交談的時候，翠也不摘下耳機，百合根也覺得很奇怪。

「這個是抗噪耳機。」

「抗噪耳機？那是什麼？」

「就是會降低雜音的耳機，它會自動產生和噪音音波相位相反的訊號來抵消噪音，可是也不是可以完全抵消，還是聽得到說話聲。要是接上CD或MD播放器，也跟普通的耳機一樣可以聽音樂。它能消除四周的噪音，讓人可以在安靜的環境裡聽音樂。」

「那妳都聽什麼樣的音樂？」

「什麼都聽啊，除了搖滾以外。」

「妳討厭搖滾樂？」

「因為搖滾樂的低頻最多，像貝斯、鼓的聲音都是。人處在低頻之中，就會產生不安的感覺。」

「是喔？」

「有學者認為這是人類祖先的記憶，像是微風吹動樹葉或是溪流潺潺的水聲、平靜的浪濤聲，這些大多都是高頻，聽了高頻的聲音就會感到心情平靜；像地鳴、雷聲、強風、濁流等等的聲音大多為低頻，可能是在記憶深處和自然災害連結在一起，所以人類感受到低頻就會不安。蓋在主要幹道或高速公路旁的房子，成天都在低頻的包圍之下，所以有統計資料顯示，在這類環境中罹患憂鬱症的患者會異常暴增。」

赤城說：「竟然說憂鬱症是起因於低頻，我並不相信這種統計是有效的。」

「我沒有說那會導致憂鬱症，只說低頻會對人類造成負面的心理影響。」

「總之，音樂會妳去不去啦？」青山說。

百合根心想，青山已經開始對這個話題生厭了。

「什麼音樂會，別鬧了！要被人圍住一直坐在室內，光想我就不寒而慄。」翠說。

也對，翠有嚴重的幽閉空間恐懼症。

百合根無法想像，但既然有嚴重的幽閉空間恐懼症，應該會討厭電影院或音樂廳吧。兩邊都坐了人，就連百合根有時候都會覺得很拘束。電影或表演一開始，會場的門就會關閉，形成一個封閉的空間。的確，想離開隨時都能離開，像青山就很可能會中途離席，但這麼做會引人反感，一般人通常都會忍耐，百合根也曾經好幾次在電影院裡憋尿。音樂會對翠來說是難以忍受的吧，那是一個心理上的封閉空間。

「哦，那我再找別人。」青山說。

「和頭兒一起去如何？這樣你只要買一張票就好了。」赤城說。

「和頭兒喔？」

青山朝百合根看。他的美貌瞬間讓百合根心慌意亂。青山的美貌和翠的暴露實在無法說習慣就能習慣。

「我再想想看好了，反正音樂會是一個月以後的事。」

## 2

第二天，百合根依約帶票來給青山。

青山說兩張他都要買。票一成交，ST室又恢復到平常的氣氛，彼此毫不關心地沉默著。

這時候，菊川吾郎進來了。他是警視廳刑事部搜查一課的刑警，比百合根年長十五歲，但在階級上，百合根是警部，菊川卻是警部補。

菊川板著一張臉一副心情很差似地，但他一直都是這樣，所以百合根現在也知道他其實沒有特別不高興。

「警部大人。」菊川都這樣叫百合根。剛開始確實是帶有嘲諷意味，但後來不知不覺就叫慣了。

「有竊盜案。」

「竊盜？」

百合根覺得獲救了。ST室的沉默簡直就要悶死人。

「請問，ST被點名了嗎？」

「不然我才不會來你們這裡。怎麼，因為竊盜案被點名很奇怪嗎？竊盜也一樣是值得重視的刑事案件。」

為了竊盜案出動ST本身並沒什麼好奇怪的，ST的任務是以科學觀點支援辦案，所以當然可能因為各種刑事案件而出動，奇怪的是菊川特地前來通知。絕大多數時候，都是科學搜查研究所所長櫻庭大悟警視或是管理官三枝俊郎警視以電話通知。

「竊盜不是三課負責的嗎？怎麼會由一課的菊川先生來通知？」

「誰教我負責刑事部和你們之間的聯絡。所以我才說又不是我自己想來的。」

不過菊川的情緒有點亢奮，且為了掩飾，還故意裝出一臉苦相。

「什麼東西失竊了？」

「聽了可別嚇到啊，是柚木優子的小提琴。」

「哇哦！」

頭一個有反應的是青山，其他成員幾乎沒有反應，甚至可說是漠不關心。

「喂，柚木優子的小提琴被偷了吔，怎麼驚呼的只有青山一個？」

「不，我也很驚訝。」百合根說，「如果是真的，這可是個大案子啊。」

「沒錯，是個大案子，可是這幾個人的反應……」

「不管是什麼東西失竊，都一樣是竊盜案，輪不到我這個負責法醫的。」

赤城說。

「話是沒錯啦，」菊川被潑了冷水，但仍繼續：「但再怎麼說，那可是名琴史特拉底瓦里啊！我看，那把小提琴價值不下一億圓。」

「赤城說的對，可能輪不到我們出場，應該是鑑識課大顯身手的時候。」翠說。

「上面的想法是要以最高規格來偵辦。畢竟是日本之光的小提琴家所擁有、價值高達一億圓的小提琴被偷了，據說是希望能在音樂會之前找回來。」

「我是負責藥物的，黑崎則是負責分析化學物質，就像赤城和翠說的，我們應該派不上用場。」山吹也不感興趣。

「我很有興趣。」青山說，手上還拿著從百合根那裡買到的兩張票，興奮地揮呀揮。

「機會難得，當然要聽最好的樂器演奏。」

「哦！」菊川睜大了眼睛，「新東京愛樂的票？你竟然買得到。」

「咦，原來菊川先生喜歡古典樂啊。」

「不行嗎？」

青山之外的ST成員全都驚訝地望向菊川。

菊川環視他們，說：「怎樣？怎樣？我喜歡古典樂那麼奇怪嗎？你們聽到柚木優子的小提琴被偷一點都不驚訝，我只不過是喜歡古典樂而已，就這麼吃驚？」

「因為，跟你的形象實在差太多了。」翠說。

「要妳管。」

「那，」青山問菊川，「你喜歡誰？」

菊川有點難為情地回答：「布列茲。」

被問到喜歡誰，回答的不是作曲家而是指揮家，可見他真的是古典音樂迷——百合根心想。

「布列茲在柏林愛樂指揮的拉威爾很棒。就拉威爾而言，他比卡拉揚好多了，每個音都閃閃發光。」青山說。

「哦？看樣子你也沒那麼討人厭嘛。」

「不過，拉威爾的話，我還是比較喜歡巴倫波因在巴黎管弦樂團的那個版本。」

「我倒認為巴倫波因當鋼琴家比當指揮來得出色，他的莫札特鋼琴協奏曲太精采了啊。」

「我說呢，」翠說，「這些你們晚點再聊，現在應該要先討論竊盜案才對吧？」

「也是。」菊川正色說。「別說什麼輪不到、派不上用場，要全體出動。找回柚木優子的小提琴，可是大功一件。」

「又不是我們辦案。」赤城說。「我們純粹是協助而已。」

「你們好歹也叫特搜班啊！總之，起身出發去現場就對了。」

菊川瞪著赤城。

「請問，菊川先生你是一課的，也要去嗎？」百合根問。

「是啊，陪你們去。」

青山一聽就說：「其實你只是想去見柚木優子和辛島秋仁吧？」

「你難道不想嗎？」

「當然想啊！」

兩人交換了會心一笑，他們難得這麼有共鳴。

「我知道了，那ST就出發吧！」百合根說。

柚木優子住的是日比谷一家五星飯店的特別套房。以前百合根也來過這家飯店幾次，但這還是頭一次踏進特別套房。

這是提供給國賓級的客人住宿的房間，對於負責警衛的同仁而言也許沒有多稀奇，但隸屬於科學搜查研究所的百合根就沒什麼機會來到這種地方。

據說柚木優子的老家在福岡。

畢竟這不是一般的竊盜案，連本廳搜查三課的課長都來了。

竊盜案的受害者大多都是不知所措、難以置信，或是看著鑑識人員尋找線索，或是坐立難安地回答刑警的問話。鑑識人員則默默地投入工作，拍攝現場照片，採集遺留物品及指紋、腳印等跡證，以找出犯人遺留的痕跡。

然而，這裡卻不同。

顯然每個人都小心顧慮著受害者。受害者臉上不見一絲困惑，坐在沙發上雙手抱胸、蹺著腳，反而是提問的刑警大為困惑。受害者——柚木優子，一舉一動宛如女王，那些刑警問問題的樣子彷彿像在向女王請安。

這是一個寬敞的大套房，分成三個大空間：寢室、客廳之外還有一個小房間，是為練習而準備的，房裡立著譜架。套房中的家具用品很豪華，色調統一而沉穩。有一面大鏡子，光是這面鏡子恐怕就要價數十萬圓吧。

赤城看了看屋裡的狀況，說：「果然不需要我出馬。」

ST的確沒什麼出場的機會，倒是青山難得雙眼閃閃發光，光是看著柚木優子住的房間就讓他興致高昂。

菊川和轄區的竊盜課及本廳搜查三課的刑警談過之後來到百合根身邊。

「她帶了三把小提琴來。」

「三把？原來小提琴是用一把、兩把來算的啊？」百合根問。

菊川皺起眉頭：「沒錯。三課那些人還說三支呢。」

「其中一把被偷了？」

「對。正式演出要用、最貴的那一把被偷了。」

「是在這裡被偷的嗎？」

「這就不清楚了。」

「不清楚？」

「辛島秋仁已開始排練，她每次都會帶兩把到排練的會場去，而且已經去過幾次了，小提琴應該是在這過程中不見的。」

「排練是在哪裡進行？」

「上野的音樂大學排練室，辛島秋仁的母校。」

「原來如此。交響樂團的排練畢竟是大工程，有音大的設備就可事半功倍了。」

「據說是辛島秋仁要求的，這樣他也能順便指導學弟妹。」

「指導學弟妹？」

「聽説辛島秋仁很熱心提攜後輩，他公開主張往後日本的音樂家必須走出日本邁向世界，為了日本音樂界，他能力所及的都願意去做。」

「一點也沒錯。」青山說。「我就在雜誌上看過他指導學生交響樂團。」

百合根對青山點點頭，然後對菊川說：「那麼，是從上野的音大回這家飯店的路上被偷了？」

「應該是吧。」

「這種說法聽起來好不乾脆啊。」

「這可是價值一億的史特拉底瓦里啊！他們當然也會小心提防才對。」

「再怎麼小心，還是道高一尺，魔高一丈。」山吹說。「再嚴密的警戒都會有漏洞。馬友友也曾經把心愛的大提琴忘在車上還是哪裡的烏龍。」

赤城低聲問：「那是誰？」

青山回答：「馬友友是世界第一的大提琴家。」

「那還會忘記自己的樂器？」

「天才在日常生活方面都會有點失能，多半是因為他們不怎麼關心現實世界。」

「白痴啊！那是他吃飯的傢伙吔！而且，世界知名的音樂家忘了自己的樂器放在哪裡，他身邊的人麻煩更大吧。」

「天才是不會在意這種事的。」

這麼說也許有失尊重，但百合根覺得當下的氣氛和命案現場不太一樣。

「這裡很舒服呢。」翠說。

百合根回答：「那當然，這麼高級的房間，不過我反而覺得無法放鬆。」

「我不是那個意思，我是說這裡聽不到四周的噪音，隔音做得很確實。」

聽翠這麼一說，百合根這才發現，儘管門是打開的，房裡卻很安靜。談話聲似乎也被厚厚的地毯和牆壁吸走，明明好幾個人在交談，卻沒有嘈雜感。一方面雖然也是因為每個人都刻意壓低音量，但主要還是像翠說的，是隔音和吸音設備做得很確實。

「移動時小提琴都是交給保鏢保管。」菊川說。

「保鏢？」百合根問，「在哪裡？」

「隔壁房間。組對一課已經在找口譯了。」

過去刑事部設有國際搜查課，自二〇〇三年四月改組之後，成立了組織犯罪對策部，由其中的一課處理所有國際犯罪相關事務，簡稱為組對一課。

「這麼說來，保鏢是外國人囉？」

「聽說是義大利人。柚木優子現在住在義大利的佛羅倫斯。」

「那她一定很信任她的保鏢了。」

「什麼意思？」

「對音樂家來說，樂器就像他們的分身，要能夠放心託付，就一定是可以信任的人囉。」

「看人吧，剛才山吹不也說過馬友友的例子。」

「不能直接問話嗎？」

「現在在等口譯來。」

「不是，我是說柚木優子。」

菊川露出有點膽怯的神情。

「當然，我們就是為了這個來的。」

百合根從來沒看過這樣的菊川。無論對方是誰，刑警對於問話應該是絲毫不猶豫，然而現在的菊川不像刑警，只是個古典樂迷。

「走吧。」

百合根朝柚木優子邁開步子，菊川有些顧慮地跟上，一點都不像他平常的樣子。ST之中，只有青山跟過來。

柚木優子身穿灰色粗毛線衣和米色長褲，黑色長直髮隨手綁在腦後，雖是日常的穿著打扮，卻不失優雅。她充滿自信，形成了獨特的氣場。百合根震懾於她的氣勢，不禁在她前方約兩公尺的地方停下腳步。

「我們想請教一下詳細狀況。」百合根隔著兩公尺的距離開口。

四周的刑警立刻將視線集中在他身上，投射出狐疑的眼光。

對搜查一課、轄區的強行犯係（負責調查命案、傷害等重大案件）來說，ST已算是熟面孔，然而現在來的是搜查三課和竊盜係的刑警。

「你們是ST吧？」搜查三課的課長說。他名叫戶波市郎，是名瘦瘦的中年男子，一頭白髮非常引人注目，也透露出他的半生辛勤。

「是的。」百合根回答。

戶波課長仍舊不改懷疑的眼神，問道：「我可不記得有說要找ST。」

百合根不禁慌了。

「啊，呃，是嗎？但我們收到通知要我們過來。」

人在後面的菊川語帶惶恐地說：「是刑事部長親口下的令。」

「部長？」戶波課長的臉色更難看了，「有我們在還不夠嗎？」

「屬下不敢妄自猜測部長的想法。」菊川說。

「好吧，算了。」戶波課長不滿地說。「有事要問就快問。不過，該問的我們應該都問過了。」

菊川從背後戳了戳百合根，他才又前近了一公尺。

柚木優子只是無言地看著戶波課長與百合根的對話，仍是堂堂天之驕子的氣勢。

「請問，可不可以將妳發現小提琴不見時的情況詳細告訴我們？」

「同樣的事要說多少次呢？」柚木優子平靜地說。沒有不耐煩的樣子，聽起來也不像在抱怨，感覺只是把心裡想的話說出來而已。

「不好意思。」百合根說。「因為我們得從各種不同的觀點來檢查。」

「發現的不是我。」

「不是妳？」

「不是我，是卡羅發現的。」

「卡羅？」

百合根一問，戶波課長便不耐煩地說：「保鏢之一，卡羅．喬瑟沛。另一名保鏢是法蘭柯．布蘭迪。」

百合根向戶波課長點點頭，再度轉頭看柚木優子。

「當時小提琴是由卡羅帶著的嗎？」

「由卡羅和法蘭柯兩人攜帶。」

「妳很信賴這兩個人？」

「是的，我很信賴他們，因為他們是安東尼奧選的人。」

「安東尼奧是？」

戶波課長再度插嘴：「柚木小姐的未婚夫，目前居住於佛羅倫斯的青年實業家，經營好幾家餐廳。」

「卡羅現在呢？」百合根只想跟柚木優子談。

「知道小提琴不見的時候，他非常慌亂，我想他現在也很沮喪。」

「他好像說要去死。」戶波課長說。「說什麼要以死謝罪。唉，也難怪他這樣。」

由他負責看管的樂器遭竊，而且價值高達一億圓，他的心情不難理解。

「知道琴遭竊了，妳一定很震驚吧。」

「當然了。」柚木優子一派優雅地回答。「那感覺就好像孩子被綁架了，不過……」

「不過？」

「看到卡羅那麼傷心自責的樣子，我心想我不能驚慌。」

「好強的自制力啊。」說這句話的人是青山。

柚木優子一臉不可思議地看青山，定定地望著他。原來青山的美貌對世界級的天才小提琴家也管用啊——百合根這麼想，望著他們互看的樣子好一會兒。

「別人太過悲痛，有時候會令人忘記自己的悲傷。」柚木優子說。

「原來如此。那另外兩把小提琴也是史特拉底瓦里嗎？」青山問。

「怎麼可能？」柚木優子微微一笑，「是畢索洛蒂。」

「不是古樂器，是現代的？」

「對。」

「排練時，妳拉的是失竊的史特拉底瓦里？」

「是的，昨天拉的是史特拉底瓦里。」

「這麼說，妳來到日本之後，在那之前，沒碰過史特拉底瓦里？」

「不是，我每天都會拿出來拉一下。小提琴若不每天拉，音質會變差。」

「哦！那妳每天三把都會拉嗎？」

「三把都會拉。」

「那為什麼昨天之前的排練沒有使用史特拉底瓦里呢？」

「因為氣候的關係。」

「氣候？」

「日本的濕度讓我很憂慮。和歐洲比起來，日本簡直像個蒸汽室，樂器很快就會吸收水分。我本來是希望正式演出前盡量讓琴保持在最佳狀態。」

「在這個房間就沒關係嗎？」

「我請飯店把濕度調到和歐洲一致。這一調，連洗好的衣服也馬上就會乾呢。」

青山睜大了眼睛。

「妳自己洗衣服？」

「當然，總不能叫保鏢洗呀。」

聽了青山和柚木優子的對話，戶波課長顯得更加不耐煩了。

「這些和辦案有關嗎？」

青山看了戶波一眼。戶波無所適從似地微微縮身退後，他也被青山的美貌給鎮住了。

「失竊的樂器是什麼時候被誰看到的，難道不重要嗎？」

青山一這麼說，戶波的神情變顯得很複雜。

「什麼時候被誰看到嗎？」

「如果在排練時失竊，就代表至少樂團有好幾個人曾經看到過實物。」

「換句話說，就能證明那時候琴確實還在。」

「對。」青山向柚木優子確認，「史特拉底瓦里，除了排練以外，妳就只會在飯店的這個房間拉對吧？」

「對。」柚木優子點點頭，「我只會在這裡拉。」

戶波課長邊思索邊問道：「平時琴都被保管在哪裡？」

「平時都放在這個小房間，因為這間房會配合樂器調控溼度，昨天才頭一次帶去排練。」

百合根問：「也就是說，頭一次帶出這個房間就遭竊了？」

「是的。」

百合根又接著問：「妳平常只會在這個房間拉史特拉底瓦里，昨天卻帶去排練，這是為什麼？」

「是指揮要求的。」

「辛島秋仁？」

「是的。指揮說，想用正式演出時的樂器合合看。」

「指揮這樣要求的時候，旁邊還有別人嗎？」

「有，樂團所有人都在。」

百合根點點頭。

這就表示，犯人犯案當天，不僅辛島秋仁，全樂團的人也都知道柚木優子會帶史特拉底瓦里到排練會場。也許整個樂團的人都有嫌疑，樂團的人也可能向外面的人提起柚木優子的樂器，比方說他們極有可能向家人或朋友聊起這件事。

頭一次把琴拿出這個房間的當天就失竊了。

百合根想的是，嫌犯應該要從知道柚木優子會帶這把琴去排練的人當中去找。然而，整個樂團的人都知道，再加上他們也有可能與外面的人談起這事，要過濾出嫌犯幾乎是不可能。

百合根正尋思著該問什麼時，戶口說話了：「口譯到了。」

菊川悄聲對百合根說：「走吧，警部大人。我可不想被三課的人搶先。」

## 3

一群刑警一起移動到柚木優子對面的套房。

那個套房豪華的程度不亞於柚木優子的那間，同樣也是分成三個大空間，大房間是柚木優子的未婚夫安東尼奧・德・比耶拉在住，兩個保鏢則是在隔壁房同住一間。

百合根調查了房間的格局，與柚木優子的那邊沒有什麼不同，只有隔音效果似乎不如她的房間好，柚木優子的房間果然是特別的。

與柚木優子的套房之共同點，是盥洗室有兩道出入口，從寢室可以直接通往盥洗室和浴室，而從客廳也可以通往盥洗室和浴室，大門就緊臨盥洗室出入口，這樣的設計在飯店套房當中絕不稀奇。

安東尼奥一臉怒氣，他略長的黑髮全部往後梳，微微鬈曲出波浪形。

他身旁抱著頭的壯漢便是卡羅．喬瑟沛，正如同柚木優子說的，卡羅似乎非常沮喪。

站在一旁的是另一名保鏢法蘭柯．布蘭迪，一臉擔憂地看著安東尼奧和卡羅兩人。

卡羅和安東尼奧同樣都是黑髮，法蘭柯則是褐髮，他也和卡羅一樣，又高又壯。除了髮色有別之外，卡羅和法蘭柯這兩人像得驚人：身高相近、體格相似，都穿著深藍色西裝、紅領帶，眼瞳一樣是咖啡色。

警方透過口譯開始問話，由三課長戶波作為代表率先開始。

「喬瑟沛先生，你是什麼時候發現史特拉底瓦里不見的？」

這句話立刻由口譯小姐翻譯成義大利文。

卡羅一副力氣盡失的表情回答，再由口譯譯成日文。

問話便是以這種方式進行。

「昨天排練結束之後。離開排練會場時確實還在，可是，一到飯店，把琴送進柚木小姐的房間時，就已經不見了。」

「那麼，」戶波課長問，「就是在排練會場所在的音大到你們抵達這家飯店房間的這段期間被偷了？」

「只有這個可能了。」

「在這段期間，樂器曾經離開你的視線嗎？」

「沒有。我們帶了兩把琴，就是平常排練使用的那把和史特拉底瓦里。移動時，我一直都親手抱著。」

戶波課長對口譯說：「妳沒有翻錯吧？」

口譯小姐臉色略顯不悅，答道：「沒有，為求正確，我幾乎都是直譯。」

「如果是這樣的話，喬瑟沛先生說的話就不合理了。照他說的，移動中他一直把樂器拿在手上，可是抵達飯店時卻不見了。」

口譯把話傳達給卡羅，卡羅連連點頭。

「是的。」口譯以日文傳達了卡羅的話，「不合理，但就是不知道什麼時候，被調包了。」

「調包？」

「我牢牢地抱著兩個小提琴盒。離開排練會場時，其中之一的確是史特拉底瓦里沒錯。可是回到飯店送進柚木小姐的房間時，兩把都變成畢索洛蒂，只能說是有人施了魔法。」

「哦。」戶波明白了，「換句話說，你手裡抱的，正確地說是小提琴盒？」

「當然！只有柚木小姐本人能夠直接碰觸樂器。」

「那麼，離開飯店的時候，那兩個盒子裡裝的是什麼，也只有柚木小姐知道了？」

百合根明白戶波想說什麼了，這是身為刑警理所當然會有的質疑。他懷疑一開始兩個小提琴盒裡就都是畢索洛蒂，否則就說不通了。

「可是，」卡羅不解地說，「昨天柚木小姐排練時拉的確實是史特拉底瓦里。我在排練會場，親眼看到她從琴盒裡拿出史特拉底瓦里。」

戶波面露困惑的表情，百合根也同樣感到不解。

雖然不是要抄襲卡羅的話，但真的就只有施了魔法別無可能了。

不然，就是有人說謊。

「那真的是史特拉底瓦里嗎？」

戶波這麼一問，安東尼奧便代替卡羅回答：「你問他是沒有用的。這傢伙怎麼可能懂？他連小提琴和低音大提琴都不會分。」話裡的怒氣讓卡羅更加抬不起頭來。安東尼奧又說：「但是，就算這傢伙不懂，辛島秋仁不會不懂。優子是應辛島秋仁的要求，當著樂團成員的面從琴盒裡取出史特拉底瓦里來拉的。如果那不是史特拉底瓦里而是畢索洛蒂，辛島秋仁應該一聽就知道了。」

「那當然，應該一眼就看得出來，因為畢索洛蒂是現代樂器，而史特拉底瓦里則是有年份的古董。」青山說。

戶波沉吟了。

百合根聽到身後菊川的低語：「喂，這些人有沒有說謊？」

百合根心中一凜，回頭一看。

ST的「人肉測謊機」雙人組——翠和黑崎就在那裡。翠能夠聽到被問者的心跳變化，黑崎則是能嗅到出汗量多寡與腎上腺素等亢奮物質的分泌。有他倆在，也許能看出是否有人說謊，百合根心懷期待看著他們。

翠在踏入犯罪現場時一定會將長髮緊緊挽起，這次也不例外，雙手抱胸，乳溝因而更加明顯。她輕輕一聲嘆息，然後說：「別考我們了！我們只是能以聽覺或嗅覺感覺出緊張所帶來生理變化，你看看這三名義大利人，個個都很緊張、激動、慌亂，就算說謊也看不出來。」

百合根微感失望，但菊川卻以十足警戒的眼神說：「若是在另一個狀況下聽另一個人說話，你們應該能夠充分發揮所長才對。」

翠微微蹙起眉頭：「什麼意思？」

「去找辛島秋仁問話。我們必須找他確認昨天排練時柚木優子是不是真的拉了史特拉底瓦里。假如柚木優子拉的那把小提琴不是史特拉底瓦里，那就是卡羅，或是柚木，或者雙方都說謊。」

「走吧！」青木開心地說。「我們再待著也不是辦法，這裡交給刑警就好啦，我們這就去吧！」

辛島秋仁的家在東京郊外，位於狛江市內離國道有一段距離的住宅區，離多摩川河岸只需步行十分鐘。

他家比百合根想像中來得簡樸許多。辛島秋仁活躍於世界舞台，百合根還以為他家會是豪宅，但與其說是意外，事實上是大吃一驚。那雖是獨棟的房子，卻是一宅老舊的兩層樓木造樓房，建築幾乎占滿了整個建地，沒有庭院，完全是平民風格。

「真的是這裡嗎？」

百合根一問，青山便回答：「這裡是辛島秋仁父母的房子，他本人在維也納和倫敦都有房子。」

「哦，原來如此。可是多少提供父母一些經濟上的幫助不是很好嗎？」

「是他父母親拒絕，說他們有房子可住就行了。」

「你怎麼連這個都知道？」

「我在音樂雜誌上看到的。」

一摁門鈴，便有一位中年女子回應，應該就是辛島秋仁的母親吧。百合根說明身分，表示希望見辛島秋仁。

他還以為會被拒絕。百合根心裡先入為主地認為一流音樂家都會拒人於千里之外，然而意外的是他們立刻就被請進屋裡。

百合根與菊川，以及ST五人魚貫進屋，看到這一大群人，辛島秋仁的父母都睜大了眼睛。從他們的角度來看，警方一口氣派了七個人來可不是一件小事。百合根對滿臉訝異與不安的他們解釋說道：「啊，請別擔心，我們只是來請教一點問題。」

他們說辛島秋仁在裡面的房間。

那個房間被平台鋼琴占據，除了鋼琴，沒有空間放置別的家具，辛島秋仁就坐在鋼琴椅上。

他在白色高領毛衣上套了一件灰色的開襟衫，下身穿人字紋羊毛長褲，神情鎮定，但顯然與一般人有所不同。見到柚木優子時，百合根也覺得被她的氣勢所懾，但一眼看到辛島秋仁，感覺他的氣場更強，百合根不由得佇立在房門口。

辛島秋仁說：「請進，只是沒地方請大家坐。」

菊川立刻接話：「怎麼好意思要地方坐，能請教幾句就很感激了。」

辛島秋仁微微一笑，說：「我還以為警察都高高在上。」

剎那間，百合根覺得整個房間好像亮了起來，能量好強的一個人啊！

菊川回答了辛島秋仁這句話：「警察裡一樣有您的樂迷。」

「那是我的榮幸。」

說什麼來向辛島秋仁問話，其實只是想見他一面吧！百合根看著菊川，心裡這麼想。

「柚木優子小姐的小提琴失竊一事，您知道吧？」

菊川一這麼說，辛島秋仁的臉上立刻出現陰影。

「知道。真是非常遺憾，希望小提琴能夠早日回到她手中。」

「我們正傾全力調查。」菊川說。「所以想向您請教一件事。」

「請說。」

「是關於昨天的排練，據說是您要求柚木小姐帶史特拉底瓦里前去。」

辛島秋仁點點頭。

「平常指揮對於音樂家在排練時用什麼樂器是不會特別要求，都由團員或獨奏者自行決定，畢竟他們是樂器的專家。」

「那麼，為何要柚木小姐帶史特拉底瓦里去？」

辛島秋仁難過地說：「是我個人好奇，我很希望能就近聽她演奏史特拉底瓦里，先前在歐洲的音樂會聽過好幾次，另一方面大家又都是日本同胞，便輕易開口要求。沒想到我的好奇心卻導致了嚴重的後果。」

「那不能怪您。」菊川連忙說。

「柚木小姐請了保鏢，做了萬全的保護措施，儘管如此，史特拉底瓦里還是不見了。而目前警方也還束手無策，整件事就像在變魔術一樣。」

「哦！魔術？」

「其中一名保鏢，牢牢抱著柚木小姐的兩只琴盒從排練會場回到飯店。將琴盒放回柚木小姐房裡時，裡面的琴被調包了。」

「調包？」

「是的，兩只琴盒裡都是畢索洛蒂。」

「怎麼會？」

「所以我們想請教柚木小姐昨天排練時拉的確實是史特拉底瓦里嗎？」

「千真萬確，那是史特拉底瓦里。」

菊川從鼻子呼出一小口嘆息。

百合根心中對「人肉測謊機」有所期待，一面對辛島秋仁說：「可以請您告訴我們當時的詳細狀況嗎？柚木小姐一開始就是用史特拉底瓦里嗎？」

「不是。」

辛島秋仁眼神平靜地望向百合根。

「一開始是用畢索洛蒂。我想想，應該是練習到一半吧，我說要不要用正式上場時要用的史特拉底瓦里來合合看，柚木小姐這才換了琴。」

「那時候，她是在哪裡換琴的？」

「排練室。」

「其他團員也都在場？」

「是的，她是在大家面前換的。」

「所以她是把兩只琴盒都拿到排練室了？」

「對，她在大家面前將畢索洛蒂放回其中一只琴盒，然後再從另一只琴盒取出史特拉底瓦里。」

「練習結束之後，您也看見柚木小姐將史特拉底瓦里放回琴盒了嗎？」

「嗯，練習一結束，她馬上把它放回琴盒。」

「這也是當著大家的面？」

「是的。」

百合根不經意地看向翠和黑崎。黑崎直盯著辛島秋仁，但翠卻顧著環視房間。

辛島秋仁似乎也發現了，對翠說：「有什麼奇怪的地方嗎？」

「不好意思，我想問一下，這個房間花了不少錢吧？」

「啊？」

「用在隔音上。這裡幾乎聽不見外面的聲音，窗戶是雙層的，牆壁和天花板也都貼了軟木層防止聲音反射，地板一定也加了隔音材吧。」

「哦！妳對這些有興趣嗎？」

「我天生對聲音敏感。」

百合根心想，好含蓄的說法，翠的聽覺根本是超人等級。

「對聲音敏感？」辛島微微一笑，「真令人羨慕，我的耳朵就很平凡。」

「真是太謙虛了。」菊川說，「怎麼可能平凡呢，您可是『世界名指揮家辛島秋仁』啊。」

「我只是比一般人更喜歡音樂而已。因為喜歡而勤於練習，並不是天生耳朵比別人好。音感可以透過訓練來加強，另外就是環境。」

「環境。」菊川複述一遍。

「對。我的家境絕對算不上富裕，但父母卻把這個房間給了我。誠如妳剛才說的，這房間做了確實的隔音效果，聽不到外面的聲音，鋼琴聲也不會傳出去，多虧有這個房間，我才能毫無顧慮地二十四小時隨時練習。」辛島秋仁看著翠說。

「原來如此。」菊川點點頭。

即使如此，辛島秋仁還是看著翠而無視於菊川。

「可是，沒有人住的房間很容易出問題，沒有人彈的鋼琴也一樣。我不在的期間，沒有人彈這架鋼琴，所以就變成這樣了。」

辛島秋仁按了一個琴鍵，然後看著翠。

「如何？妳有一雙敏銳的耳朵，在聽妳起來是什麼音？」

「四二〇赫茲左右。」翠立刻說，「是A，不過低了將近半音。」

「真驚人。」辛島雙眼發亮。「妳學音樂嗎？或者是鋼琴調音師吧？」

辛島秋仁多半是聽到翠說「對聲音敏感」，便想試試她敏銳到什麼程度，然而翠的聽力似乎遠遠超過他的預期。

「我學過鋼琴，被逼的。我很小的時候，父母就發現我的耳朵很好，所以逼我去學，可是最後還是放棄了。」

「為什麼？」

「因為我會聽見鋼琴所有的聲音。」

「鋼琴所有的聲音？」

「按下琴鍵以後，別的弦也一定會產生共鳴吧？我會聽見。不光是這個，鋼琴本身和蓋子縫隙間的震動聲，踏板踩下放掉的摩擦聲，指甲碰到琴鍵的聲音，琴槌擊弦的敲擊聲，還有琴槌上下的聲音……換句話說，就算彈的是鋼琴，注意力也沒辦法集中在音樂上。」

辛島秋仁無言地望著翠。百合根心想，他一定很驚訝吧。也許對於一個生活在音樂世界裡的人來說，翠的話帶來巨大的衝擊力。

「如果這都是真的，那就太有意思了。」

「你不相信也無所謂。」

「走出日本就會遇到很多驚奇，在全球音樂界裡，擁有絕對音感的人多的是，可是剛才這番話我一時實在難以置信。」

我想也是——百合根心想。人類只會相信自己能夠實際感受到的事，翠的聽覺所掌握的世界，恐怕沒有人能夠想像。

「所以你不相信也無所謂。對了，那架鋼琴有個地方裂開了，聲音有點走調。」

辛島秋仁一臉嚴肅。

「妳說的一點也沒錯，鍵盤有一道裂痕，只是一般人的耳朵應該聽不出來才對。」

「我也常想，如果能擁有一雙普通人的耳朵該有多好。」翠淡淡地說。

「這真是太有意思了。」辛島秋仁認真地望著翠說：「真的很有意思。」

「不好意思，」百合根說，「我想回頭談談柚木優子小姐的小提琴。」

「哦，」辛島秋仁頓時一臉掃興，「也對。」

「排練完之後，您做了些什麼？」

「我嗎？我直接就回這裡了，真是累壞了。」

「排練是幾點結束的？」

「傍晚六點左右，我想其他團員也都筋疲力盡了。」

「我聽了柚木小姐和她的保鏢的說法，認為其中有人，或者雙方都在說謊，否則無法解釋小提琴怎麼會被調包。但是，你說柚木小姐在排練時演奏的確實是史特拉底瓦里，如果是這樣的話，就表示他們兩人都沒有說謊了。」百合根說。

「是啊。」

「如果他們兩個人都沒有說謊，那麼小提琴是不可能被調包的。」

「那麼，就變成是我說謊了。」

「理論上是。」

「只怕要讓您失望了。昨天柚木小姐演奏的確實是史特拉底瓦里。不止我，全樂團的人都看到了，只要是小提琴家，一看就知道。我想您也知道，管弦樂團裡人數最多的就是小提琴家。」

沒錯，這一點不容忽視。

看到柚木優子演奏史特拉底瓦里的不是只有辛島秋仁一個，由於是與樂團合奏，全團的人當然也都看到了。

百合根看看菊川，無聲地問他還有沒有別的問題。若在平常，菊川一定立即有所反應，有必要便會提問，沒有必要便搖頭，然而菊川卻只是呆呆地望著辛島秋仁。連經常敏銳地指出百合根和菊川遺漏重點的青山也不可靠，他的狀況幾乎與菊川一樣。

「不好意思，在百忙之中前來打擾。」百合根說。

一聽到這句話，菊川和青山都怨恨地看向百合根。

「我也希望能以最完美的狀態演出。」辛島秋仁對百合根說。「所以只要能找回柚木小姐的史特拉底瓦里，我會盡全力協助。」

菊川怯怯地說：「我想，我們必須找樂團的團員談談。」

「當然可以，不過希望不會影響到排練。」

菊川連忙說：「我們知道。」

「只要你們答應不影響排練，要來排練會場不成問題。」然後，辛島秋仁把視線從菊川移到翠身上，說：「而且，我希望能再與妳見面。」

翠也筆直地回視辛島秋仁：「因為對我的聽覺有興趣？」

辛島秋仁毫不愧疚地說：「嗯，是啊。希望有這麼一雙耳朵的人告訴我，我的音樂聽起來怎麼樣。」

「我剛才也說過了，我對音樂沒興趣。」翠很乾脆地回答。

「我是活在聲音世界裡的人，妳的聽覺令我感到嫉妒。」

「我都說了，像一般人才幸福。」

「我想挑戰看看。」

「挑戰？」

「我要感動像妳這樣的人。」

翠受不了似地聳聳肩。

「若妳願意來看排練，那真是歡迎之至，今天下午我們也會排練。」

聽到這句話，菊川和青山的表情真是精采。

## 4

一離開辛島秋仁的老家，百合根立刻問翠和黑崎：「怎麼樣？辛島秋仁有沒有說謊？」

翠搖搖頭：「看不出有說謊的徵兆。」

黑崎也同樣搖搖頭。

「那當然了。」青山說，「剛才辛島秋仁不是也說了嘛，看到柚木優子在排練時拉史特拉底瓦里的不是只有他一個，所有團員也都看到了，要是說謊不就馬上被拆穿嗎？」

「如此一來就更說不通，那小提琴到底在哪裡、怎麼被調包？」菊川說。

百合根問菊川：「三課和轄區的盜犯係調查過小提琴了吧？」

「刑警辦案當然是滴水不漏，他們應該已經確認過剩下的兩把小提琴都是畢索洛蒂了。」

「這麼一來，那個保鏢卡羅的說法就很奇怪了。從排練會場到飯店房間這段期間，要把琴盒裡的史特拉底瓦里換成畢索洛蒂是不可能的。」

「這我知道，」菊川不悅地說。「所以大家才頭痛不是嗎？」

「我倒認為不是不可能。」青山說。

百合根和菊川停下腳步，同時往青山看。

「不是不可能？」菊川說，「那要怎麼辦到？」

「這我就不知道了。」

百合根洩了氣，菊川小小嘖了一聲：「那就別說什麼不是不可能的。」

「但是實際上就是發生了啊。」

「搞清楚，」菊川焦躁地對青山說：「那個叫卡羅的保鏢在移動中一直抱著兩只琴盒，然後在排練會場，柚木優子確實從其中一只琴盒裡拿出了史特拉底瓦里來演奏，辛島秋仁證實那確實是史特拉底瓦里，而且樂團團員也都在場。」

百合根邊在腦海中匯整，邊聽菊川說話。

菊川繼續說：「柚木優子當著團員和辛島秋仁的面，確實把史特拉底瓦里收進琴盒裡，回程也是由卡羅牢牢抱著兩個琴盒回到飯店，送進柚木優子的房間，可是這兩個琴盒裡的東西卻換成了畢索洛蒂，這不就像卡羅說的，簡直是變魔術了。」

青山聳聳肩：「琴盒有兩只，卻有三把小提琴。」

「你說什麼？」

「把你剛才說的摘要起來，就是這樣啊。」

「你這是什麼摘要法啊！」

「卡羅抱著兩只琴盒。排練完回來在柚木優子房間裡打開兩只琴盒的時候，裡面裝的都是畢索洛蒂。換句話說，在這個時間點上，有兩把畢索洛蒂。根據辛島秋仁的證詞，柚木優子在排練會場上從兩只琴盒的其中一只取出了史特拉底瓦里，也就是說，加上這一把，就有三把小提琴。」

「然後呢？」

「我哪知道，我要說的就只是數目不合而已。邏輯驗證的第一步，就是數目要相符啊。」

「你在說什麼啊？」菊川皺起眉頭，「所以一定是有人把裡面的東西調包了啊。問題是誰、在哪裡調包的，而史特拉底瓦里現在在哪裡。」

「可是我覺得問題要一個一個解開，否則得不到答案。」

「所——以——啊——。三課的人拚了命在查，三課和盜犯係是這方面的專家。」

「而我們就是被找來協助這些專家的啊。」

「就是啊，所以要做出點成績來。」

菊川的手機響了。從他接聽時的態度看得出是上面的人打來的。菊川講完電話，說：「小提琴竊盜案已成立專案小組。」

「為竊盜案成立專案小組嗎？」百合根問。

並非只有命案才會成立專案小組。事實上，根據犯罪搜查規範第二十二條規定，「重要犯罪及其他案件發生之際，尤其需要統一且強力進行偵查時，應設立專案小組」。

並不是只有發生命案或恐怖事件時才會成立專案小組，然而這也是百合根第一次遇到為竊盜案設專案小組的案子。

「對。應該是考慮到失竊物的價值和對社會的影響吧。小組設在本廳，從部長關心的程度看來，當然可以想見。」

「我們也算在內嗎？」

「當然，所以才會通知我啊。三課的已經回本廳了，我們也趕回去吧。」

「可是啊，」青山說，「辛島秋仁說今天下午也要排練。」

菊川的臉上頓時有了笑意。

「是啊，他是這麼說。」

「他還說歡迎翠去。」

「對啊。」

「要不要帶翠去看看？」

「哦哦，反正我們也要跟樂團的人談嘛。」

百合根打斷了他們兩人的談話。

「我們先去專案小組報到吧，接下來要遵照小組的指示行動了。」

菊川和青山默默對看。

專案小組設在本廳刑事部搜查三課所在的五樓會議室。百合根沒什麼機會來到這一層樓，ST經常與搜查一課合作，而搜查一課位於六樓。

專案小組組長是本廳的磯谷正刑事部長，是高考出身的警視正。轄區警署丸之內警察署的署長也來了，他的位階是副本部長。專案小組主任是搜查三課的戶波課長。

「全都是大頭啊。」菊川喃喃地說。

的確可以感覺得到磯谷部長的幹勁。世界知名小提琴家價值一億圓的小提琴失竊了，看得出磯谷部長無論如何都要找回小提琴的熱切心情，不但動員了本廳的兩個係，丸之內署也召集了幾乎同等的人力，加上負責庶務的人員和百合根他們，這個專案小組的陣勢高達五十人。

無論是命案也好竊案也罷，警方辦案方法並沒有太大的差異，真要指出有什麼不同，大概就是竊案偏重犯案手法的偵查吧，追查相關人員的人際關係則幾乎沒有意義。

人際關係的調查是為了要過濾受害者的交友情況與嫌犯的犯案動機，但竊盜案調查受害者的交友關係是沒有意義的，跟動機也扯不上邊。

首先進行人員分組，得兩兩一組，由本廳與轄區警署的偵查員搭配合作。ST的成員不是警察，所以百合根、菊川都被編進支援組，這也是常有的事。所謂的支援組，通常是由資深的偵查員負責內勤事務，ST只不過是在權宜上被分到這裡來。

實際主導分組作業的是搜查三課的人，顯然他們不希望ST在辦案現場出現。或許是察覺了他們的意圖，磯谷刑事部長說：「我希望ST游擊行動，不要編進支援組。」

戶波課長剎那間神經質地皺起眉頭，似乎有話要說，但對方是刑事部長，他當然不敢頂撞。

菊川悄聲對百合根說：「部長說了算，這下我們就方便了。」

「責任也就更重了。」

「說這什麼洩氣話啊，警部大人。」

坐在前面的轄區偵查員一臉驚訝地回頭，是對「警部大人」這個稱呼起了反應。轄區的警部至少是課長級的，他們大概是很訝異堂堂的警部怎麼會坐在這麼後面。

「怎樣？ST的係長可是警部大人喔，有意見嗎？」

回頭的轄區偵查員一語不發地又把頭轉回去。

戶波課長開始依著時間序列說明概況。

柚木優子是在上午九點叫兩名保鏢進房間；將東西交給卡羅．喬瑟沛和法蘭柯．布蘭迪兩人後，柚木優子離開房間，這時候是九點五分，未婚夫安東尼奧．德．比耶拉也同行。

接送的車已在飯店門前等候，是由此次主辦音樂會的報社安排的。四人坐上車，從飯店出發，這時是上午九點十分。

九點四十五分抵達上野的音樂大學，排練原定於十點開始，但辛島秋仁十點十分才現身，他一到便展開排練，到十二點三十分為止沒有任何人離開。

十二點三十分起，是一小時的休息，大家在這段時間吃中餐，柚木優子與辛島秋仁到大學附近的餐廳，這段期間，樂器由卡羅保管。卡羅說他的視線沒有一分一秒離開過這兩把小提琴，法蘭柯也為他作證。

下午一點半排練再度開始，柚木優子便是在此時將史特拉底瓦里從琴盒裡取出來。排練一直進行到六點，這段期間，有過兩次十分鐘的休息。柚木優子說每次休息，她都把史特拉底瓦里放回琴盒。

六點排練一結束，柚木優子便與卡羅、法蘭柯、安東尼奧一同坐車回飯店，一下車就直接回房間，沒有繞到任何地方。卡羅將他所抱著的兩只琴盒送進柚木優子的房間，她當場要卡羅打開琴盒。她說就是這時候，發現琴盒裡的兩把小提琴都是畢索洛蒂。

百合根邊聽邊做筆記，ST的成員沒有任何人做筆記。青山好像已經對會議感到厭煩，正專心把發下來的文件擺成各種不協調的角度；赤城打從一開始就漠不關心，這也是當然的，因為他的專業是檢視死屍；黑崎則是雙手抱胸，凝視著半空，看起來像是在冥想；翠正斜眼看坐在遠處竊竊私語的兩名年輕偵查員，他們時不時地偷瞄翠，只怕又是對翠暴露的服裝發表什麼低級的言論吧。他們的話都聽進翠的耳裡，只是他們不知道。

「在排練時拉的確實是史特拉底瓦里沒錯嗎？」磯谷部長問。

戶波課長回答：「關於這一點，接下來才要去確認。」

菊川舉手，磯谷部長看到了，說：「什麼事？」

菊川站起來回答：「我們已拜訪過辛島秋仁，確認過了。他說柚木優子拉的是史特拉底瓦里，是在他和團員眼前從琴盒裡取出，辛島也證實那的確是史特拉底瓦里沒錯。」

戶波課長以挑戰的眼神看著菊川，像是在說搜查一課的刑警憑什麼在這裡？百合根在一旁窮緊張。

磯谷部長沉吟道：「換句話說，一直到離開排練會場前，史特拉底瓦里確實都在，但一回到飯店就變成另一把琴，叫什麼來著？」

菊川說：「畢索洛蒂。」

「兩者的價值差很多嗎？」磯谷部長問。

「史特拉底瓦里具有古董的價值，但畢索洛蒂作為樂器，並不比史特拉第瓦遜色。」

「但價錢差很多吧？」

「差別就在於古樂器和現代製品。畢索洛蒂若是特別訂作，也是要價數百萬。」

「可是史特拉底瓦里要一億圓，這次音樂會的賣點也是演奏史特拉底瓦里吧。」

「是的，因為一般大眾還是較重視話題性。」

「好。」磯谷部長要菊川坐下，然後像是在整理腦海中的資料邊說：「在排練會場是史特拉底瓦里，回到飯店一看卻變成了叫作畢索什麼的琴，也就是說，竊盜案是發生在上野的音大排練會場到日比谷柚木優子投宿的飯店房間之間。」

戶波點點頭。

「是的，但從排練會場到飯店房間，保鏢卡羅聲稱他一直將兩只琴盒抱在手上。」

「他的話能相信嗎？」

「關於這一點，還必須加以調查，但目前沒有懷疑卡羅的理由。」

「不過這樣推論下來，能夠偷天換日的，就只有卡羅吧？」

「這個……」戶波猶豫地說：「卡羅也辦不到。」

「怎麼說？」

「柚木優子在飯店房間裡交給他的小提琴有兩把，一把是畢索洛蒂，一把是史特拉底瓦里。剩下一把是柚木優子用來練習的，收在房間裡，而卡羅一直和柚木優子一起行動，也就是說，他無法去取柚木優子留在房裡的那把畢索洛蒂。」

「但是排練完回到飯店，卡羅手上的兩個盒子裡面都是那畢什麼的。」

「對。」

「排練時柚木優子確實從那兩個盒子之一取出史特拉底瓦里沒錯吧？」

磯谷部長看著菊川。

「是的，」菊川回答。「這一點我想是不會錯的。」

「不可能。」磯谷部長說。

專案小組內部一陣嘩然，一群群的偵查員交頭接耳。

「請問……」青山說，「為什麼要把琴調包？」

專案小組頓時止住喧嘩，所有偵查員的視線集中在青山身上，磯谷部長乃至於專案小姐的幹部，全都一臉不可思議地看著青山。磯谷部長代替他們問：「什麼意思？」

「要偷的話，直接拿了就走不就好了嗎？兩只琴盒少了一只，裡面裝的是史特拉底瓦里，這不是很乾脆嗎？」

「你是說，不明白犯人的用意？」

「對，如果只是把史特拉底瓦里偷走，數目也相符。」

「數目？」

「如果卡羅手上的琴盒被偷了一只，那麼琴盒有兩只，小提琴也有兩把，可是這次的竊盜案，琴盒有兩只，小提琴卻有三把。」

磯谷部長皺起眉頭：「我不明白你的意思。」

「會嗎？我以為這是很簡單的算數。」

「你好好說明清楚。」百合根也和部長有同感，為何青山這麼在意數目？

全體偵查員也不解地望著青山。青山絲毫不以為意，開始說明：「卡羅抱著兩只小提琴盒，在排練會場，柚木優子身邊有兩只琴盒。」

「當然啊。」磯谷部長說。「因為卡羅是在飯店房間裡從柚木優子手上接過了兩把小提琴運到排練會場。」

青山不理他，繼續說下去。百合根心想，恐怕只有ST的人敢不理會部長的話吧。

「可是，小提琴有三把，柚木優子在會場上拉的史特拉底瓦里，以及在飯店房間裡打開琴盒時，兩只琴盒裡的兩把畢索洛蒂，也就是說小提琴一共有三把。」

到這裡，都和他走出辛島秋仁家時說的一樣，青山繼續說：「所以你看，琴盒有兩只，小提琴有三把，數目不合。如果犯人單純將史特拉底瓦里連琴盒一起偷走的話，數目就對了。兩個琴盒少了一個，小提琴也少了一把，是很單純的算數啊，可是犯人卻沒有這麼做，為什麼？」

正在思考的戶波臉色很難看地說：「應該是不知道哪一只盒子裡是史特拉底瓦里吧？」

青山說：「那一點都無法解釋，如果是這樣的話，應該會兩把都連琴盒一起偷走啊。」

戶波發現自己的錯誤，一臉尷尬：「說的也是。」

「行竊的時候應該沒有時間讓他確認琴盒裡的東西。琴盒沒有上鎖吧？」磯谷部長說，「畢竟是裡面的東西被調包了。」

「為什麼要特地把裡面的東西調包？」

青山這一問，又是戶波回答：「為了要延遲受害者發現的時間吧？要是少了一把小提琴，當場就會引起騷動，犯人應該是想爭取逃走的時間。」

「那只要留下琴盒就好了啊。」

「空盒子重量不同一拿就知道了。」

「放別的東西進去就行了，和小提琴重量差不多的東西，或是便宜的小提琴也可以。可是，犯人卻特地拿柚木優子的畢索洛蒂和史特拉底瓦里調換，一般小偷不會這麼做吧？」

磯谷部長和戶波課長對看一眼，部長開口說：「你是ST的青山是吧？那麼，你有什麼想法？」

「沒有。」

「沒有？」

「我只是把自己覺得有疑問的地方提出來而已。」

磯谷部長低低沉吟後說：「有沒有人有意見？」

整個專案小組先是靜悄悄的，然後慢慢地響起說話聲，所有偵查員都跟旁邊伙伴討論起來。

百合根也思索青山這些話。的確，青山說的沒錯，但戶波課長說犯人為了延緩行竊被發現的時間而將小提琴調包的說法也有道理，只是為什麼要特地拿柚木優子的畢索洛蒂來換史特拉底瓦里仍是一個謎。

百合根看看坐在旁邊的菊川，菊川也陷入沉思。

磯谷部長和戶波課長同時面向同一個方向，百合根也跟著朝那邊看，是一名即將步入老年的偵查員舉起了手。

「哦，寺哥啊。」磯谷部長喊道。

那是本廳搜查三課的刑警。刑事部長不可能記得每個偵查員的名字，這人一定是三課出名的員警吧——百合根心想。

而那名皮膚曬得黝黑的白髮刑警臉上的神情也的確帶有老手才有的自信。百合根感覺得出，他那種是以經驗為武器迎戰的人。

「他是寺澤康彥，警部補，三課的主任，能幹得很，是專辦竊盜的老手。」

菊川在百合根耳邊低聲說。百合根點點頭，仔細聽寺澤說什麼。

「這樣的手法並非沒有前例。」寺澤說，「對自己的腦袋有自信的人，就會想要這種花招，出題來考我們，以怪盜自居，就是愉快犯啊。」他說話快又多捲舌音，是老東京人特有的口音。他可能出身自東京的老市區，不過有些來自地方的警察也會故意這樣講話，百合根無從判斷他是何者。無論如何，這種說話方式很有特色，也許他是藉此塑造自己的形象。

「這也是條線索。」戶波課長說，「那是國際知名小提琴家的高貴名琴，具有足夠的話題性，對那些以怪盜自居的人來說是絕佳目標。」

「犯人是在向警方挑戰，擺明了在說看你們解不解得開這個謎。」

青山說：「嗯，愉快犯啊？不過，這類犯人的表現欲應該很強才對，要他們忍著不留下名號是不可能的，如果是以怪盜自居，就更是如此了。」

「網路。」有人說。所有人都一起朝他那邊看，是名年輕的偵查員脫口而出。他受到注目，一臉糟了的表情，這才舉起手來。

磯谷部長說：「你說網路？」

年輕偵查員說：「是的。最近恐怖分子的犯案聲明也都是透過網路散布，現在已經沒有人笨到會像以前那樣在犯案現場留紙條了。」

「本來就沒有啊。」戶波課長說。「那種人只會出現在小說裡。」

「姑且不論有沒有，現代有網路這個方便的工具可利用，犯人也許在哪個網站上宣告犯案聲明。」

「好，」磯谷部長說，「請高科技犯罪對策室幫忙。」

「一定有盲點，非常小的盲點。」寺澤說，「犯人就是看準了那一點，他成功讓高高在上的柚木優子大吃一驚，同時也轟動社會，現在他說不定正看著電視新聞大笑呢。」

「那我們就把那個盲點找出來吧。」磯谷刑事部長說。「總之，無論多小的線索都不要放過。犯人在挑戰警察，我們無論如何都要在音樂會之前把柚木優子的史特拉底瓦里找回來。好了，沒有時間再坐下去了。」

所有偵查員一同起立。

青山一臉沒趣地說：「我覺得我說的還滿重要的啊，他們都不在乎喔？」

菊川說：「當務之急是把犯人先過濾出來。」

青山一副完全失去興趣的樣子。「吶，」他說，「我可以回去了嗎？」

## 5

偵查員一離開專案小組，整個房間就空盪盪的，令人有種莫名的不自在。

菊川看了看時間說：「樂團應該還在排練吧。」

青山立刻接口：「待在這裡也不是辦法。」

他們倆的意圖根本昭然若揭。

翠先發制人地說：「我對什麼排練可沒興趣喔。」

「可是啊，」菊川說，「日本之光辛島秋仁肯讓我們去看排練吔，交響樂團的排練可不是想看都能看到。」

百合根說：「沒事找上門去，只是徒增對方的困擾，我們答應人家絕對不會妨礙他們的。」

「怎麼會沒事？實地探查也是我們的工作，排練會場是柚木優子取出史特拉底瓦里的地方，我們還沒有到現場察看過。」

百合根也知道這是歪理，可是老實說他也覺得有必要前往排練會場一看，若有人能夠調換小提琴，那麼發生在會場上的可能性比飯店來得高。

「好，那就走吧。」

百合根一這麼說，翠就雙手抱胸：「用不著所有人全都去吧，想去的人去就好了，恕我失陪。」

「我也要告退，」赤城說。「我又幫不上忙。」

黑崎也一副興趣缺缺的樣子。

菊川輪流看了翠和赤城，然後說：「辛島秋仁說他希望妳去，有妳在，也許多少說得上話。赤城，你是ST的隊長，要合群。」

赤城露出不悅的表情說：「我本來就獨來獨往，才不要當什麼隊長。」

赤城總是這麼說，可是就百合根的觀察，沒有人比赤城更適合當領導者了。他有人望，能與他人保持適當的距離並掌握整體狀況，這多半是與生俱來的資質，模仿不來，百合根對此羨慕不已，但赤城總堅持自己是獨行俠。

「好了，來就是了，你們五個是一套。」菊川說。

「別把人說得像賣剩的出清品。」赤城低吼。「我不是你的屬下，ST只聽頭兒的指示。」

菊川對百合根說：「喂，說話啊，警部大人。」

百合根說：「全部一起去吧，也許在意想不到的地方會需要借重大家的專長。」

「哼！」赤城從鼻子噴了一口氣，站起來。

「真沒辦法。」翠也跟著站起來。

排練會場所在的音樂大學是日本最具權威的音大之一，向來以難考出名，校園裡有著令人聯想到歐洲的厚重石砌舊校舍，因為季節的關係，牆上的藤蔓枯萎了，百合根不知為何感到一股濃濃的哀傷。枯葉飛舞的晚秋校園總讓他感到莫名的淒清，什麼原因自己也不知道，也許是和大學時代的某段回憶有關吧，但總想不起，也許是因為從大學時代起，每到秋天就沒來由地這麼覺得的關係。

排練會場位於那舊校舍後方稍嫌無趣的一棟大樓裡。那是棟冷冷的建築，牆是黃砂色。校園內各式各樣的樂器聲此起彼落，百合根驀地裡想起高中時放學後聽到的管樂社練習聲。

帶著各種樂器的大學生紛紛與他們擦身而過。

在黃砂色建築前聚集了一大群學生，大概是熱情的學生想在這裡聽聽裡面排練隱約傳出的聲音吧？或者是為了想看辛島秋仁一眼而守候的追星族？

走近建築物才知道，這裡聽不到樂團的聲音，換句話說，聚在這裡的大學生都是後者。

大門是對開的玻璃門，菊川毫不猶豫地推開那扇門走進去，四周的大學生全都將視線投射在他們身上，百合根不由得低下頭。

大門有警衛室，立刻有人出聲叫住他們。菊川打開警察手冊，向警衛出示身分證明和警徽。

五十開外的警衛冷冷地說：「管你是警察還是誰，辛島先生排練時誰也不能進去。」

從他的話裡，明顯聽得出一種優越感，也許是為自己守護著傲視全球的藝術而感到自豪，也難怪他會有這種心情，百合根心想。

菊川說：「我們有辛島秋仁本人的許可。」

「我沒有聽說。」

「有必要先向你報備？」

「對。哪一天幾點有誰要來，都會事先跟我們警衛室聯絡。」

菊川的眼中忽然閃現精光。

「那麼，也記錄了昨天有誰出入吧？」

「那當然。」

「可以讓我看看那份紀錄嗎？」

「沒必要給你看。」

菊川向警衛靠近一小步，那是刑警在對人施壓時經常採取的行動。

「我尊敬你盡忠職守，也不想打擾辛島秋仁排練，只是我們現在拚了命想找回柚木優子的史特拉底瓦里，請你協助。」

「小提琴失竊的事我在電視新聞上看到了，我也希望小提琴能夠盡快找回來。」

「那就合作點。」

「我說沒必要讓你看訪客名單是因為昨天沒有任何外來的人進去過。」

「一個都沒有？」

「對。」

「這裡有沒有別的入口？」

「有安全門，可是那裡也一樣門禁森嚴，尤其是辛島先生排練期間，我們都是戒嚴狀態。」

「可是小提琴卻被偷了。」

警衛的臉色變了。

「絕對不是在這棟建築裡被偷的，那是不可能的。」

「不可能嗎？」菊川說，「這次的竊盜案，每個人都這麼說。」

「真的沒有任何外部的人出入過這裡。」

「這棟建築平常是用來做什麼的？」

「當然是用來上課、練習。一樓有大教室，供大學的交響樂團練習；二樓以上，每一層都有好幾個教室，供小班教學和練習。」

「辛島秋仁排練期間，課都改在別棟教室上嗎？」

「是的。學生一概禁止進出，教授級的人員如果沒有事先申請，絕對不能進去。」

「這棟建築這麼大，每一層都有安全門，想偷跑進來也不是不可能吧？」

「我剛才說過，現在是戒嚴狀態，我也是保全公司派來的警衛，這段期間我們公司是以特A級應對，整棟樓都設置了監視錄影器，二十四小時戒備。」

百合根問：「樂團成員你也會檢查嗎？」

「會。」

警衛的表情顯得有點不高興，一定是覺得自己克盡職責卻遭到質疑。

「我們這裡有團員的資料和大頭照，都會一個個查。排練過幾次就會記得團員的長相了，就算有生面孔想假裝團員混進去，我們也不會放行。」

百合根點點頭。

「吶，我們可以進去了嗎？還是你不讓我們進去？」

警衛朝青山看，他震攝於青山的美貌，眼睛就此定住。頭一次看見青山的人，不分男女，向來如此。

菊川對茫然自失的警衛說：「辛島秋仁很欣賞這邊這位小姐，請她一定要去參觀排練。要是擋她的駕，我想你之後可能會有麻煩。」

這句話總算讓警衛的視線從青山身上移開，然後看到翠，則是不知眼睛該看哪裡。好不容易將視線拉回到菊川身上，便說：「那我去叫經紀人來，能不能進去，請你們問她。」

「經紀人？」

「音樂會主辦單位的經紀人，福島小姐。」

警衛往裡面走去，不久後便在一位藍色套裝女子的陪同下回來。她的年紀大約三十歲上下，頭髮像空姐那樣整整齊齊地梳成包頭，身高約一六五，非常適合穿套裝，雙眼炯炯有神。

「你們是警察？」她對菊川說。

再怎麼說，菊川看起來官階都比百合根高吧。菊川沒有特別在意百合根的反應，百合根也不介意，交給菊川去應付。

「不好意思，請問您是？」

「我叫福島玲子。」

她將名片遞給菊川和百合根，上頭印的是「TBN經紀事務所．企畫事業部」，這次音樂會的主辦單位是報社，TBN便是報系的電視台。

「TBN經紀事務所？這是什麼樣的公司？」菊川問。

「我們是TBN的相關企業，從事文化相關活動的企畫與執行。」

「所以這次新東京愛樂的音樂會是由你們負責囉？」

「是的。」

福島玲子略微吃驚地看菊川。看她這個樣子，菊川便問：「怎麼了嗎？」

「不好意思，因為大多數的人都會說是辛島秋仁或是柚木優子的音樂會，很少有人會提到新東京愛樂。」

「我記得是辛島秋仁指揮，柚木優子小姐獨奏，這音樂會本身是新東京愛樂的音樂會，應該沒錯吧？」

福島玲子的表情稍微柔和了些，一定是從剛才這句話聽出菊川是個古典音樂迷吧，百合根心想，她自己多半也是個古典樂迷，再不然就是熱愛她的工作。

「是關於柚木優子的小提琴那件事吧？若找不回史特拉底瓦里，對我們來說實在是一大打擊，我們迫切希望能夠在音樂會之前找回來。」

「為此，希望能有你們的配合。」

「我們一定會配合，但是我必須優先考量的是音樂會的成功，一定要讓辛島秋仁和柚木優子有充分的準備和環境。」

「我們今天上午已經和辛島先生談過了。」

一聽到這句話，福島玲子的表情立刻沉下來。

「像這類事情，請務必先通知我。」

「那個時候，我們還不知道有妳在。」

「上午已經談過了，還不夠嗎？」

「我們得親自看過現場。」

「既然這樣，等排練結束再看就可以了吧。」

「現場勘驗得與當事人在現場一起進行。」

「現場勘驗？」

「而且，其實是辛島先生說想請她來看排練。」菊川指指翠。

福島玲子朝翠看去。她的表情雖然沒變，但百合根看得出她是硬裝成面無表情。

「請問小姐的大名？」

菊川回答：「結城翠。」

「排練應該就快進入中場休息了，我會趁那個時候問辛島，請幾位在這裡稍候。」福島玲子指著玄關並排的塑膠椅說。

「請問，」百合根對福島說，「平常排練時，妳都待在哪裡？」

「我會在休息室。」

「休息室？」

「排練室旁邊的房間。」

「可以讓我們去那裡看看嗎？」

福島猶豫片刻，然後接著說：「請。」

百合根對菊川點點頭。

正要走的時候，隱約傳來了交響樂團的演奏聲。排練室的門和電影院、音樂廳的一樣有隔音功能，即使如此，聲音還是傳了出來。

一行人經過那扇門，前往福島玲子所說的休息室。

「孟德爾頌E小調小提琴協奏曲。」菊川喃喃地說。

福島玲子回頭說：「這是辛島特別喜歡的曲子，說有他年輕時的回憶。」

菊川點點頭說：「在歐洲的音樂會也演出過好幾次，我有他指揮捷克愛樂管弦樂團的CD。」

福島玲子靜靜地露出微笑：「你知道的真多。」

休息室大小約有二十坪吧，有個黑板，平常應是會當作教室使用。靠牆擺著細長形的桌子，上面放著包包和樂器盒等東西，看來是被樂團當作放隨身物品的地方。除了與走廊相連的出入口，還有另一扇門，應該是通往排練室吧，演奏聲從那裡傳過來。

那幾名義大利人在休息室裡，安東尼奧、卡羅、法蘭柯三人，安東尼奧一屁股坐在一椅子上，其他兩人站著。

百合根一行人一進房間，三人便一臉狐疑地看向他們。百合根向安東尼奧點頭示意，他仍是不改狐疑態度，點頭以對。

「他們一直都在這裡嗎？」百合根問福島玲子。

「卡羅和法蘭柯兩人寸步不離，但安東尼奧就經常進進出出了。」

「那個警衛說，外人不准進來，」菊川說，「可是那邊明明就有三個外人啊。」

福島玲子回應這個問題：「安東尼奧是柚木優子的未婚夫，而另外兩位是保鏢，也就是自己人，不是外人。」

樂團的樂音停止了，通往排練室的那扇門開啟，穿著黑色高領毛衣與紅褐色羊毛長褲的辛島秋仁出現了。

「哦！歡迎歡迎。」辛島對著翠微笑。「這麼快就來了啊。」

「因為是工作。」翠回答。

辛島看起來比在自己家中更加英姿煥發，果然是個氣場強大的人——百合根心想。

「這樣啊，那柚木小姐的小提琴，找得到嗎？」

「不知道，偵查才剛開始。」翠說。

「但願能平安找回來。」辛島神情嚴肅地說。

柚木優子也從排練室進到休息室，她悠然自得地環視警方來的七個人，不愧是女王。百合根對柚木優子說：「抱歉在排練中前來打擾，我們必須來現場調查。」

「沒關係，你們也是為了找回我的小提琴才來的，我應該要道謝才是。」

百合根整個人惶恐極了，她的語調和用字遣詞，無不顯露著女王的氣勢。

安東尼奧說了些什麼，柚木優子以流利的義大利語回答，然後面向百合根和菊川特地為他們解釋：「安東尼奧問到底怎麼回事，我跟他說，是警方來辦案。」

「不好意思，我們會盡量不對大家造成困擾。」百合根說。

「沒關係，請儘管調查吧。」

「是啊，」辛島也同意，「不必客氣。」

「那麼，可以請教幾個問題嗎？」百合根怯怯地對柚木優子說。

「請說。」

「柚木小姐的小提琴盒也放在這個休息室嗎？」

「沒有，排練室有個台子，我放在那裡。」

「也就是說，一直都放在手邊了？」

「是的。」

「休息時間，像現在這樣妳人在休息室的時候，就看不到了吧？」

「卡羅或法蘭柯會去看著。」

聽她這一說，百合根才發現休息室不見法蘭柯的身影，一定是到排練室去了。

「昨天，妳是在哪裡將兩只琴盒交給卡羅的呢？」

「這個房間。排練結束以後，我把兩只琴盒拿到這裡，直接交給卡羅。」

青山問：「這裡看起來不像有所有團員的樂器盒啊。」
「有些人跟我一樣，會把琴盒或包包等拿到排練室。」
「原來如此。」
安東尼奧對著百合根他們說了些什麼，柚木優子微微蹙起眉頭。
「不好意思，」百合根說，「請問他說了什麼？」
「是些失禮的話，不過就恕我直譯了。他是要你們別在這裡磨磨蹭蹭，趕快去把小提琴找出來。」
「我們會盡最大的努力，請您這樣轉告他。」
「你竟然要柚木小姐當口譯？」
被福島玲子這麼一說，百合根慌了：「沒有，我怎麼敢，只是因為我不懂義大利文。」
「沒關係，」柚木優子說，「這沒什麼。」
這時候，警衛從走廊那邊的門過來了，責難似地對菊川說：「又來了六名刑警。」

百合根轉頭看菊川，菊川說：「是專案小組的偵查員。」

警衛說：「跟你們是不一樣的嗎？」

「我們也是專案小組的，不過是游擊軍。」

「我不知道是什麼意思，但就算是警方，這樣愛來就來，我們很為難。」

這下就連菊川也一臉苦相，無話可說了。既然專案小組的正規軍來了，ST可能就只得摸摸鼻子撤退了。

這時候，辛島說：「移駕到排練室吧？偵查的事就交給他們，你們可以到排練室參觀。」

菊川和青山頓時整張發亮，問說：「可以嗎？」

辛島對著翠說：「這才是我提出邀請的用意啊。」

福島玲子睜大了眼睛，說：「怎麼可以！怎麼能讓外人參與排練？」

辛島對福島玲子說：「這位小姐的耳朵異常靈敏，她的意見對樂團也應該會是很好的參考。」

福島玲子看向翠，她的眼神中帶著反感。百合根在心中偷偷祈禱，但願事情不會變得更麻煩。福島玲子一定是因為自己身為少數能接近辛島的女性而有優越感，然而辛島卻給了翠特別待遇，這下很可能會演變成女人的戰爭。

翠說：「我的耳朵並不擅長聽音樂，只是聽得到聲音而已，就算讓我旁聽，也是對牛彈琴。」

菊川急著說：「妳這是什麼話！這可是千載難逢的好機會啊！」

辛島笑了，說：「對牛彈琴？妳說妳是牛嗎？」

翠回答：「至少，牛的聽覺比人還要敏銳。」

「請妳一定要聽了排練再走。」

辛島心情更好了，相對的，福島玲子的表情卻愈來愈難看。

「我希望讓每位音樂家能夠集中精神排練。」

辛島對福島玲子說：「妳知道指揮比賽是什麼樣子嗎？」

「不知道。」

「比賽必須在觀眾面前排練給評審看。若是因為有人參觀就會分心，是當不了指揮的。」

「可是……」

「審查有好幾次，在某一次裡，樂團裡會有幾個人故意出錯，指揮必須加以糾正。更何況，樂團演奏本來就是要給聽眾聽的。」

「我們就恭敬不如從命吧。」菊川說。

門口的警衛不耐煩地大聲說：「在大門口等的那些刑警我該怎麼辦？」

福島玲子雙手抱胸思索，猶豫著該如何決定，但明顯看得出她很生氣。

福島玲子還沒開口，柚木優子便說：「警方為我們動員這麼多人，我們應該感謝才是，這代表警方正積極辦案。」

聽到她這麼說，福島玲子便說：「好吧，讓他們進來。」

警衛從門口消失，不一會兒那群偵查員就來了，帶頭的是寺澤康彥主任。

「哦！你們在這裡做什麼？」

菊川回答：「來看現場啊。」

「這是我們的工作。」

「ST是游擊軍，可以自由行動，部長是這麼交代的。」

「要抓竊賊比凶惡罪犯更加需要專業，靠的是經驗和知識的累積，交給我們來辦就對了。」

「要講專業，你們來得也太晚了吧？」

「因為要找義文口譯花了點時間。」

「口譯？」

「有些細節必須向這幾位確認。」

「在飯店已經問過了吧。」

「我可還沒直接問過。」

聽他的語氣，就是他說了才算。

「好。」辛島說，「那我們就繼續排練吧，想參觀的人，請前往排練室。」

6

說是排練室，百合根以為會有個舞台，結果只不過是一個較寬敞的空間，看起來也不像在音響方面有特別的設計。房間裡排了許多鐵椅，作為樂團的座椅。前方有指揮台，旁邊有一張小桌子，上面擺著兩只小提琴盒。

一聽到小提琴盒，百合根就想像是小提琴的形狀，但兩只都是長方形、看來十分堅固的黑色盒子。那張桌子附近有一個高高的譜架，看得出是小提琴家，也就是柚木優子用的。

靠休息室那邊約排了十張左右的鐵椅，是給參觀者的位子，福島玲子要百合根他們坐在那裡。

團員結束休息後各自回位，紛紛開始準備，調起音，雙簧管吹出A音。

「啊，音準有點偏低。」翠說。

「是啊。」菊川說。「最近交響樂流行四四二到四四三赫茲，不過辛島秋仁卻大膽地把音準定在四四〇。」

過了一會兒，柚木優子也出現，加入調音。

調音聲一停，辛島秋仁就從休息室走出來，團員的臉上出現緊張之色，室內瞬間鴉雀無聲。

「那麼，從剛才那裡繼續吧。」

他的語氣與室內的緊張氣氛相反，很輕鬆愉快。

「從練習記號G開始。」

滿屋子只聽到翻譜的聲音。

辛島秋仁的指揮棒一舉起來，室內便又一點聲響都沒有，所有人的視線都集中在辛島秋仁身上，柚木優子也架起了小提琴，那模樣充滿了自信，看上去氣勢十足。

辛島秋仁的指揮棒緩緩揮動，柚木優子的琴弓配合他的動作，靜靜滑開。

百合根對那透明的音色感到驚訝。深厚的中音、具包容力的低音、以及纖細至極的高音，所有音域都發出了澄澈明淨的樂音。她的琴弓時而強而有力地上下，時而溫柔地左右滑動。樂團的樂音也非常豐富，整個人彷彿被樂聲包圍，令人心曠神怡。

從百合根他們的位置，可側面眺望整個樂團，換句話說，地理位置不算太好。儘管如此，還是能均衡地聽到整個樂團的樂音。

柚木優子的小提琴凌駕於整個樂團之上。不久，樂團的聲音停止了，進入完全的獨奏，這是第一樂章獨奏最精采的部分。接著，那段無人不知無人不曉的旋律靜靜地由樂團演奏出來。管樂柔和的樂音，襯托出獨奏的小提琴，再加上厚重的弦樂。

這時候演奏加快，辛島秋仁突然放下指揮棒，敲敲譜架，樂團的演奏停下來，百合根感覺有如從夢中清醒。剛才，他被吸進音樂的世界裡去了。

樂團團員無不神情認真地注視辛島秋仁，準備好聽他停止演奏的原因。柚木優子放下了小提琴和琴弓。百合根也很緊張，他曾聽說，樂團的排練是非常嚴格的，不過就算有人會挨罵，也不會是百合根，但他還是緊張地望著辛島。只見辛島燦然一笑：「很好，大家都很熟練，我深深慶幸自己選了通俗的曲子。」

看得出整個樂團的氣氛緩和了。

辛島笑著繼續說：「只是太熟練也不太好，我想要的不是中規中矩的演奏，畢竟我們的門票比一般音樂會來得貴，我們得拿出水準之上的演奏，以免聽眾氣得拿節目單丟我。」

樂團處處出現了笑臉。

「好，剛剛是第一樂章的後半部，大家都知道這首曲子每個樂章之間沒有停頓，會直接進入第二樂章，沉靜優美、如詩歌般的第二樂章，所以，第一樂章從這裡開始要一口氣趕上來，這樣大家了解嗎？」

有好幾個人點頭。

「很好，不過不要急，要怎麼做呢？問題在於速度的調節。漸漸加快演奏，聽眾應該就感覺得到邁向第一樂章結尾的速度感，明白嗎？所以從這裡開始要仔細注意我指揮棒的動作，不論是哪一項樂器都千萬不能拖拍。」說到這裡，辛島朝向ST這邊：「呃，然後我還注意到一點，妳注意到了嗎？」他問的是翠。

百合根嚇了一跳，光是能獲准待在排練現場就已經是莫大的榮幸了，他還問翠的意見。菊川睜大了眼睛看著翠，青山的雙眼也因期待而閃閃發光，看樣子是對翠要說的話非常興奮。

翠開口說：「我說過我不懂音樂呀。」

「妳沒注意到嗎？是什麼呢，我忘了。」

辛島一這麼說，翠輕輕呼了一口氣，接著說：「法國號的音準太高了。」

辛島燦然一笑：「對，真厲害，不愧是有一雙好耳朵的人。」他又轉頭面向樂團。「她說的沒錯，以法國號為中心的管樂音準好像高了點。」

團員頓時都將目光投向翠，一臉「她到底是誰啊？」的表情。

柚木優子面無表情地看著翠，高貴，卻掩不住她的驚訝。柚木優子的眼神說明了她頭一次看清了一直沒放在眼裡的人，是女王發現到身分低下的平民竟然還挺有趣的那種態度。能這樣卻不令人感到厭惡，百合根認為，這要歸功於柚木優子出眾的氣質。

排練接著進行，從同一個地方開始。辛島信停頓好幾次，強調「速度的調節」，一次又一次，而演奏也愈來愈不同，這對百合根來說，既新鮮又驚奇。

音樂會就是排練的結果，像這樣不斷累積的排練，最終才得以呈現出指揮家的演奏來。

話說回來，交響樂團的現場演奏原來聽起來是這麼柔和舒服啊！——百合根心想，和透過音響播放CD的交響樂截然不同，百合根覺得那根本是不同的觸感。

是的，不全然是用耳朵聽，而是用全身的肌膚來感受，無論多麼強而有力的強音也絕不會讓人覺得吵，而無論多微弱的弱音也不會讓人聽不見。

辛島在第一樂章結束進入第二章樂的起始之際結束了今天的排練。一看時間，就快六點了。辛島回到休息室，柚木優子當場將小提琴收進琴盒裡，彷彿算準了時間般，法蘭柯出現了，接過兩只小提琴盒後便直接走向通往走廊的那扇門。看樣子，搬運樂器的工作已經從卡羅換成法蘭柯，卡羅已失去了信用。百合根猜想，做出這個決定的應該是柚木優子的未婚夫安東尼奧。看他們的態度就知道，卡羅和法蘭柯的老闆顯然是安東尼奧，不是柚木優子。

樂團的人也各自收拾準備離開。有人直接走向通往走廊的門，也有人先回到休息室。青山和翠看著他們行動，翠特別注意小提琴演奏者，百合根覺得她有點怪怪的。

不久，樂團團員全都離開了排練室，但青山和翠仍坐在排練室的椅子上。

柚木優子把兩只小提琴盒交給法蘭柯後，便前往休息室，菊川追隨似地跟著進去。不久，菊川從門口探頭出來，對翠說：「喂，辛島先生找妳。」

翠一臉憂鬱地站起來，走向休息室，青山好奇地緊跟在她身後。赤城、山吹和黑崎已經都到休息室去了，排練室裡只剩下百合根一人，他也跟著進去休息室。

寺澤那群偵查員還在，不僅如此，連鑑識人員都來了，再加上還沒離開的樂團團員，整個休息室擠滿了人。辛島秋仁置身其中仍悠然自得，只見他坐在房間一角的椅子上，顯得非常放鬆；柚木優子也不在意室內的擁擠，不如說她無論遇到什麼狀況，看起來都超然物外；反觀福島玲子則是完全氣昏了頭，一臉憤怒，雙手抱胸，瞪著這些警察。

菊川對百合根說：「是寺澤把鑑識的叫來，他說可能會有什麼線索，他們一直在等排練結束。」

百合根點點頭：「那我們還是盡快離開吧。」

「是啊，等那兩個人講完話。」

翠一走近，辛島秋仁便從椅子上站起來。他們在交談，辛島秋仁面露笑容，翠卻不怎麼起勁的樣子。翠先要辛島秋仁暫停，朝百合根這邊過來。

「聽到我們的談話了嗎？」

「怎麼可能，我們又不是妳。」

「我不知道別人的聽力到什麼程度啊。」

「反正，這個距離加上這麼吵，沒有人能聽到你們的談話內容。」

「他約我吃飯。」

「什麼？」這麼說的是菊川，「辛島秋仁嗎？」

「嗯。」

「那，妳怎麼回答？」

「我不太想去，一直沒有正面回答。」

「傻瓜！要是我一定一口答應。」

「你被約的機率恐怕連萬分之一都沒有。」

「所以我才說這可是千載難逢的好機會啊。」

「那要不要一起來？」

「真的？」菊川一臉認真，「可以跟嗎？」

「我要問頭兒，因為我無法判斷能不能在偵辦中和案件關係人去吃飯。」

菊川皺起眉頭：「案件關係人？妳說的是小提琴失竊案嗎？」

「當然啊。」

「辛島秋仁又不是關係人。」

「不是嗎？柚木優子是為了辛島秋仁指揮的音樂會才把史特拉底瓦里帶來日本的。而且，只要是在這個排練會場，他們都在一起，他分明就是關係人啊。」

菊川一臉苦相：「被妳這麼一說，倒真的是。」

青山的聲音從身後響起：「要吃飯的話，順便找柚木優子，大家一起談就好啦，這樣就可以算是辦案了。」

菊川用力點頭：「好主意，警部大人，就這麼辦吧！」

百合根就算說不行，也拗不過菊川和青山，只好開口：「那就這麼辦，也許能問出什麼線索。」

翠點點頭：「那我去跟他說。」

翠回到辛島秋仁身邊。

這時候，寺澤的聲音響起：「喂，該去調查排練室了，鑑識的，麻煩了。」偵查員和鑑識人員群起動身，休息室終於恢復了平靜。

只聽辛島秋仁說：「那真是太好了，那麼大家一起去吃飯吧！」

## 7

福島玲子預約了一家位於音大旁的法國餐廳，據說辛島秋仁學生時代就經常光顧，算是一家平價的餐廳。店面不大，福島玲子臨時包場。

辛島秋仁和柚木優子，以及另一位身為樂團首席，名叫小松貞夫的小提琴家也來了。他是名六十歲左右、頭髮稀疏的男子，辛島說他們有事要順便討論。

赤城沒來，他堅稱自己沒必要出席；山吹也是，聽到要吃西餐就說放過他吧他他要回家了；黑崎本來也要回去，但百合根說服他一起來，因為他認為黑崎和翠這對「人肉測謊機」得要同時都在才行；青山開開心心地跟去了，菊川也是，再加上百合根，柚木優子則是有安東尼奧陪同，他們也請寺澤帶來的口譯同行，為的是能與安東尼奧溝通，總不能請柚木優子翻譯。

卡羅站在餐廳門口，他是保鏢，不參與用餐，也許這對他們來說是理所當然的。法蘭柯則是帶著兩只小提琴盒在車中待命，看守小提琴是他的任務。

結果，就算不計保鏢卡羅，算一算也是十一個人的大陣仗，也算一場筵席了。店家用心將桌子併起來，讓十一個人都能同桌而坐。

辛島秋仁坐在靠牆幾乎正中央的位置，他左側是柚木優子，右側是樂團首席小松貞夫。柚木優子的左手邊是安東尼奧，小松貞夫身旁靠邊的位子是福島玲子。

辛島秋仁正對面坐著翠，是辛島要她來的。翠的左邊是百合根，百合根旁邊是菊川，再過去是黑崎。從百合根這邊看過去，黑崎在最左邊。翠的右手邊是青山，再過去是口譯，在安東尼奧對面。

餐廳主廚來寒暄問候，他在辛島學生時代就認識辛島了，此時顯得非常感動。辛島把菜色和酒的搭配都交給主廚安排，「如果能給我學生價就太感謝了。」最後這一句讓大家都笑了。

前菜上的是新鮮甜蝦做的鮮蝦雞尾酒杯，微酸的口感十分清爽；接著是生火腿沙拉，湯是當令的南瓜濃湯。紅酒絕非昂貴的名酒，但選的是香氣芳醇、澀味適中的波爾多梅鐸區產的酒。

由於是和辛島秋仁用餐，大多數的人都很緊張，唯有柚木優子依舊超然，安東尼奧則是老樣子，板著一張臉，也許是不高興他們吃的是法國菜而非義大利菜。

「排練非常順利。」辛島秋仁說，優雅地望著玻璃杯裡的紅酒。「練起來也很快。」他將視線移到翠身上。「不過，妳擁有這麼敏銳的聽覺，不運用在音樂上實在可惜了。」

翠停下舀湯的湯匙，說：「本來我想當聲納手。」

「聲納手？」

「就是潛水艇裡負責聲納的人員。潛水艇入海之後，就只能靠聲音，說全船人的性命都掌握在聲納手手中也不為過。」

「哦！這可真有意思。」

「聲納可以大致區分為主動聲納和被動聲納。主動聲納是指主動發射聲波，利用反射回來的聲波探測對方的位置和規模大小，而被動聲納則是探測對方發出的聲波，在軍事上重要的是被動聲波，要聽出潛水艇、戰艦的引擎聲、螺旋槳聲。螺旋槳聲能夠以電腦來分析，但優秀的聲納手能比電腦更快聽出敵方螺旋槳的聲音，或是對方發射魚雷的進水聲等等，聲納手也可以立刻聽出來。」

「但是妳的夢想並沒有實現？」辛島問。

「因為客觀因素不容許。」

「妳是說進入自衛隊嗎？」

「是搭潛水艇，我有非常嚴重的幽閉空間恐懼症，就連像這樣被夾在兩個人當中吃飯也覺得呼吸困難。」

「難不成，妳大膽的穿著也和幽閉空間恐懼症有關？像是穿古板保守的衣服，就會覺得被束縛。」

「你說對了。」

「原來如此。但是連我都沒有注意到法國號的音準偏高，妳卻聽出來了，有這種能力卻沒有運用在音樂上，真的很可惜。」

「你說謊。」

翠這麼一說，辛島笑著問：「哦！我說謊？」

「對。那種程度的問題，一個指揮不可能不會發現，你只是在測試我。」

辛島臉上沉穩的微笑從來沒停過：「果然比不過妳。沒錯，就像妳說的，我向妳挑戰，而妳又給了我驚喜。」

翠默默地把湯送進嘴裡。使用大量海膽的鹹派上桌了，百合根醉心於那醇厚的風味。

青山問辛島：「這次的音樂會，是孟協和柴協對吧？」

辛島平靜地點頭。

百合根知道這次的曲目是孟德爾頌的E小調小提琴協奏曲和柴可夫斯基的D大調小提琴協奏曲，所以也才聽得懂青山在說什麼。所謂的孟協應是指孟德爾頌的協奏曲，而柴協是柴可夫斯基的協奏曲吧（譯註：中文並沒有這樣的說法，此爲配合日文而直譯的簡稱）。

古典樂迷大概都是這麼說吧，當然在場的人一定都知道。

青山繼續問：「選曲的是辛島先生？還是柚木小姐？」

辛島回答：「是我選的。」

「說到孟協和柴協，都是小提琴協奏曲當中最受歡迎的曲子，過去也有許多知名的演奏版本，為什麼要選這樣的曲子？」

「我對自己沒有自信，所以想藉通俗的曲子來撐場面。」

「我可不這麼認為。」

「為什麼？」

「你一直強調第一樂章從中段到結束的速度，你向樂團的人解釋是為了要在進入第二樂章之前，要對聽眾強調速度感，可是其實不光是為了這一點，從裝飾奏開始的反覆部分，你讓獨奏重複琶音（譯註：指將和弦組成音做排列的演奏），是展現主題的動人之處，這裡最重要的是獨奏琶音的速度，不能太快，也不能太慢，因為有這種種的考量，你才選擇要樂團演奏那有名的第一主題。」

「哦！」辛島一臉由衷開心的表情，「你只聽了今天的排練，就能聽出這麼多，你一定非常喜愛音樂吧。」

「還好啦。」

「那邊那位刑警先生也說他是我的樂迷。」

菊川被他這麼一說，臉都漲紅了。

「是的，的確是。」

「為了你們兩位，我就說實話吧。其實，我是因為愛上那首曲子，才開始正式學習古典樂的。」

「哦？」菊川深感興趣地將身子向前探。

「我小的時候，這首曲子曾經被用來當作洗髮精的廣告歌。」

「嗯？洗髮精廣告。」

「其實是小小年紀的我非常喜歡那位廣告女明星，在我心裡，她的形象和孟德爾頌的小提琴協奏曲重疊著。她真的很美，頭髮長長的，讓小時候的我心跳不已，每當聽到那首曲子，就會想起那陣悸動。」

菊川一臉愕然，說：「因為電視廣告而喜歡上古典樂嗎？」

「對，就這麼簡單。」

青山問：「那麼，柴可夫斯基呢？」

「只要是古典樂迷都猜得到吧？」

「我知道了。」菊川說，「柚木小姐是在柴可夫斯基大賽中獲勝、一舉成名。」

「對，柴可夫斯基將這首小提琴協奏曲獻給了當時最出名的小提琴家奧爾，請他首演，但奧爾卻以無法演奏為由拒絕了。這首曲子的難度就是這麼高。它的主題其實不是小提琴獨奏，反而是樂團演奏出來的部分更讓人印象深刻、更令人感動，獨奏者被迫要達成那特技般的演奏，然而柚木小姐不僅能完美拉出這麼艱難的柴可夫斯基，甚至陶醉其中。這次的音樂會對我來說是凱旋音樂會，所以我選了最有回憶的曲子，以及最能展現出柚木小姐味道的曲子。」

青山問：「一點也不擔心這些曲子過於通俗？」

「我認為沒有必要擔心這個。」

侍者前來詢問主菜要魚還是肉，他們各自點好菜之後，柚木優子意外地主動發言：「柴可夫斯基是我的驕傲，我希望以最好的狀態來演出。」

聽到這句話，樂團首席小松皺起眉頭：「工作已經結束了，我排練就夠累了，談點別的吧。」

百合根十分驚訝地朝小松看。因為他沒想過小松會用這種語氣對辛島秋仁和柚木優子這兩位世界知名的人說話。

辛島對小松說：「真沒想到以前那麼嚴厲的老師會這樣說。」

「哼！過了二十年，人都會變的。」

老師？這是怎麼回事？百合根不禁看向辛島。

辛島似乎看出百合根的心情，說道：「我念音大時，小松先生是音大的特聘講師，我在大學裡上過他的課。不止我，後來的柚木小姐應該也上過他的課。」

柚木優子優雅地點頭，淡淡地說：「老師非常熱心教學。」

在音大上過他的課會造成多大的影響力，這百合根無法想像，對音樂界的階級制度也一無所知，感覺上指揮的地位似乎比樂團首席高，可是也不能一概而論吧。然而恩師畢竟是恩師，要對教導過自己的音樂家指示來指示去的，究竟是什麼感覺呢？百合根心想，要是我，一定會擔心這擔心那，免不了無謂的顧慮吧。

「你對你的樂迷大談音樂也許很有成就感，可是我們有時候也很想從音樂裡解脫一下。」小松說。

百合根覺得他說的不無道理。他才剛排練完，一定很累了，也許想聊聊別的話題。

辛島並不以為意：「我是不介意，倒是要我談別的反而不知該說什麼。」

小松不悅地說：「找這麼多人來這裡，不就是有什麼用意嗎？」

辛島毫不掩飾地看著翠回答：「對，其實我是想和這位小姐單獨用餐，結果卻變成這樣。」

「我不是說這個。這些人是警察吧？在場的所有人應該都心知肚明，現在不是悠閒談音樂的時候。」

沒錯——百合根心想。柚木優子雖然一臉淡定，但可能其實心裡很著急，她一定很希望警方及早找回小提琴。

百合根說：「警方正在盡最大的努力，現在偵查員和鑑識人員也正滴水不漏地嚴密搜查著排練室。」

小松揚了揚眉毛，說：「那你們卻在這裡優雅地用餐享樂？」

「因為我認為這是和關係人談話的好機會。」

「那怎麼不快談呢！」

小松顯得愈來愈不耐煩，辛島卻從頭到尾不失穩重。

「飯就是要慢慢吃啊，影響消化的事，吃完再談也不遲。」

「我們的生活步調跟你們這些住在歐洲的人不同。那我來問警方好了，小提琴是誰偷的，現在有眉目了嗎？」

「我們是今天早上接獲報案通知的，專案小組也才剛成立，很遺憾現在尚未有什麼進展。」百合根說。

「那，東西在哪裡也不知道囉？說不定現在正被送往國外。」

「關於這一點，我們已經採取了防範措施。」菊川說。「請相信警方的辦案能力。」

「哼！二十年前還有近八成的破案率，現在聽說都已經掉到三成不到了不是嗎？」

「這個嘛，關於這一點，我們也有話要說，但今天就不提了。」菊川的視線移到柚木優子身上，「不好意思，但既然提到了小提琴，有一個我一直覺得奇怪的問題想請教。」

柚木優子轉頭看菊川。光是這樣，就看得出菊川開始緊張起來。

「呃，據說您發現史特拉底瓦里不見是昨天排練結束，回到飯店之後。」

「是這樣沒錯。」

「但您今天早上，也就是發現的隔天才報警。為何沒有立刻報案呢？」

「因為我都交給安東尼奧全權處理。」

口譯將日本人的談話譯給安東尼奧聽。安東尼奧大口嚼肉，喝了一口紅酒吞下後才開始說話，口譯把他的話轉告所有人：「小提琴不可能不見，我認為一定是哪裡弄錯了，要卡羅確認了好幾次。當我知道史特拉底瓦里真的不見時，就要卡羅負起責任找出來，我就是為了這個僱用他的。」

菊川說：「但是，因為這個緣故，我們的偵查晚了一步，這經常會導致無可挽回的結果。」

安東尼奧回答了，口譯翻譯：「日本怎麼樣我是不知道，但在我們那裡，自己的問題要自己解決，警察是不可靠的。我要卡羅和法蘭柯去查出發生了什麼事。」

「結果，他們也不知道發生了什麼事，對吧。」

安東尼奧不悅地將杯中的紅酒一口氣乾掉後說：「那是因為他們沒有地利之便。」

菊川不打算再追問。

青山突然說：「樂團有很多人都拿同樣的小提琴盒呢。」

辛島看著青山說：「這有什麼不對嗎？」

「沒有，我只是覺得『哦！大家的盒子都好像喔！』這樣而已。」

小松說：「琴盒有很多種，從小孩子去學琴提的軟盒到職業樂手外出時用的硬盒都有，價錢也各不相同。可是職業等級的，選擇自然就有限了。我用的牌子是Musafia。」

「Musafia？」

「一家專門做小提琴盒的義大利廠商，他們家的琴盒裡附有濕度計，價錢也合理。」

「嗯。」

百合根很在意青山的餐桌禮儀，一想到他辦公桌紊亂的程度，不免擔心他吃飯會不會像小孩子一樣吃得滿桌滿地，意外的是青山面前連一滴醬汁都沒有滴出來，可能跟服務生見到已用餐完畢的盤子便立刻撤走也有關係吧？或是因為在辛島和柚木優子面前特別小心也說不定。還是辦公桌的雜亂和用餐桌禮儀對青山來說是兩回事？百合根實在無法理解。

「小提琴也有各種不同的聲音呢。」

翠一這麼說，辛島和柚木便同時轉頭去看她。

柚木優子問：「妳說的是個性嗎？」

「嗯。小提琴有獨特的聲波波形，而且每一把又各有微妙的不同。」

聽到她這麼說，辛島興奮地說：「不會吧！沒有人能夠在樂團演奏中辨別出這些細節來。」

「不是演奏中，是調音的時候感覺到的。」

「原來如此，如果是調音時還有可能。」

柚木優子說：「那呈現的其實是樂手的個性，是每個人使用的琴弓、松香的品質和用量，還有運弓的強弱等等所致，就算是同樣一把小提琴，拉的人不同，音色也會不同。」

「的確，同一把小提琴讓沒學過的人來拉，和名手來拉，聲音聽起來會完全不一樣，這是技巧上的差異。不過我說的不是這種音質好壞的問題，而是樂器本身的聲音的確不同，是在泛音的組合上有微妙的不同。」

「妳說的沒錯，所以世界上才會有所謂的名樂器。嚴謹地說，世界上沒有兩把樂器的音色完全相同。」

「妳在飯店說過，小提琴必須每天都拉吧？」

「是的。」

「像這樣每天拉，拉上很多年，樂器的音色會改變嗎？」

柚木優子點點頭：「新樂器的聲音還沒被馴服，每天都拉，漸漸就會變成我的音色。」

「樂手的個性會改變樂器的音色，是嗎？」

翠一問，柚木優子便回答：「是的。」

於是菊川緊接著問：「這我能夠理解，但科學上能解釋嗎？」

翠回答：「也不是不可能。樂手的個性指的便是在為數眾多的泛音中，有某個特別突出，壓制了他者。樂器的聲音是經由共鳴而形成的，會因為長年的共鳴作用下來會產生細微的變形，這變形就成了樂器的個性，我想應該是這樣的機制。」

「原來如此。」

小松說：「這算哪門子的問題？只要是樂器的專家都應該知道。不止是小提琴，鋼琴也一樣每一架的音色都不同。管樂器也好，弦樂器也好，個別樂器的音色都有微妙的不同。」

翠看著小松。

「只要是樂器的專家都知道，您是這樣說的吧？」

「事實就是如此。」

翠點點頭：「我就是想知道這個。」

「我實在不明白妳到底想說什麼。」

點了紅酒燉春雞作為主菜的辛島把盤子推開，探身說：「這和這次史特拉底瓦里消失之謎有關嗎？」

「嗯……」翠回答，「誰知道呢？」

「搞什麼！」小松說，「真叫人失望。」

辛島不理小松，問翠：「有希望可以解開謎團嗎？」

翠聳聳肩，說：「就目前而言，解謎無望。」

「這樣啊。」

「就算解開了，也沒有辦法可以證明。」

「沒有辦法可以證明？」

「是的。」

「這話聽起來別有深意，好像謎已經解開了似的。」

「沒這回事。」

小松像是要打斷翠和辛島的對話，直接插話：「好了，吃完飯，我就要走人了，明天還得排練。」

辛島對小松說：「明天的排練暫停了。」
「你說什麼？」
小松皺起眉頭，但比他更吃驚的是福島玲子。
「怎麼會突然……？」玲子說。
「樂團的排練相當順利，但是有一個問題。」
「你是指柚木小姐的史特拉底瓦里嗎？」
辛島搖搖頭：「不是。」
「那是什麼呢？」
「我不方便說，在解決那個問題之前，再排練也沒有意義。」
「暫停排練，音樂會來得及嗎？」
「沒問題，我會趕上的。」辛島轉頭對小松說，「關於這個問題，我和柚木小姐想跟你談談。」
「幹嘛，有話在這裡說就好了，你不就是為此才把我找來這裡的？」
辛島沒有回答他的質問。

「我想找個地方，三個人討論一下。」柚木優子說。「到我飯店房間如何？那裡有隔音的房間，要討論音樂再適合也不過了。」

辛島略加思索，然後點頭同意：「說的也是，那麼我就不客氣了。小松先生，您覺得呢？」

「好啊，哪裡都可以，那要約什麼時候？」

「愈快愈好，明天下午如何？」

「明天我有音樂雜誌的採訪。」

柚木優子說完，辛島便接著問：「幾點開始？」

「本來是約好排練結束以後，不過既然排練暫停了，我想請他們提早。我看一下，是三點。」

「採訪在哪邊進行？」

「在飯店大廳。」

「那麼，我們在那之前談談吧，一點如何？」

柚木優子點點頭：「我在房間等兩位。」

「好。小松先生，這個時間可以吧？」

「可以，隨你們便。」

百合根覺得氣氛好像變得有點沉重。

## 8

第二天早上的小組會議，也不見任何進展。

根據寺澤的報告，排練會場目前沒有任何線索，其他還要等鑑識的報告。

昨晚吃完晚餐，青山和菊川樂得飛上了天，另一方面翠卻不知為何，看來一直若有所思。

今天早上的青山和平常沒有兩樣，會議才開十五分鐘就膩了，開始亂擺他的文件；赤城則是一副不關我事的態度，黑崎也繼續冥想，山吹看起來倒像是認真在開會，翠似乎是在思考完全無關的事。

小組會議之後，刑警分頭打聽消息和追查贓物。偵辦竊盜案時尤其重要的是找出持有被銷贓或典當的失竊物品之人，再依此查出犯人。

這次失竊的，是備受矚目、價值高達一億日圓的小提琴，可不是那麼輕易銷贓的東西。不光是東京都內，還要請全國各縣市警察協助收集情報。此外，也很有可能被挾帶出國，因此也必須與海關等各相關部門聯手。

偵查員從專案小組出發後，本部便一如往常地產生一股莫名的空曠之感。

這時候，百合根總是對自己還留在本部感到內咎，覺得就算什麼都不做，可以去外面走動在心情上還比較輕鬆。

「那麼，」赤城說，「小提琴被調包之謎可望解開嗎？」

「說得事不關己似的。」百合根說，「拜託你稍微認真幫忙一下啦。」

「翠那傢伙，在發生什麼呆啊？」赤城說。

「噓！她會聽見的，你也知道她的聽力有多好。」

「她聽得見又怎樣？該不會是被那個辛島一追，就墜入情網了吧？」

百合根捏了一把冷汗，偷偷看翠一眼，他以為翠一定會大聲吐槽，但她仍出神地想事情。赤城說的對，她有點怪。

翠突然問青山：「你有沒有柚木優子獨奏的黑膠唱片？」

「黑膠？」青山苦笑，「怎麼可能有！妳也想想這是什麼時代，全都只出CD了啦。」

「CD喔？那就沒有用了。」

青山問：「怎麼說？」

「聲音不夠真實？」

「那種聲音不夠真實聽不出什麼來的。」

「CD在把聲音數位化的過程中，會做縮減取樣的處理。」

「嗯，可是聽起來還是音樂啊。」

「也許對你們的耳朵來說剛剛好。」

「這話聽來令人想生氣。」

「我沒有諷刺的意思。就結果而言，在數位化的過程中，人類聽閾外的聲音就會被刪除。具體來說，CD裡面不包含二萬赫茲以上的聲音。」

「類比的黑膠唱片裡就有嗎？」

「要看播放裝置，不過說真的，黑膠唱片的音源所包含的音域比ＣＤ還廣，如果用專業、高級的播放裝置，連聽閾外的聲音也都會播放出來。」

「為什麼會這樣？」

「數位化的極限所致。一秒之內能夠取樣的次數就叫作取樣次數，把這個取樣數位化之後的數值，叫作量子化位元率，這個數值愈大，資訊量就愈多。一般ＣＤ的取樣次數為四四．一千赫茲，只能重現二萬赫茲左右的聲音。」

「啊，我聽過取樣次數和量子化位元率。量子化位元，我記得是和動態範圍有關？」

「對。一般ＣＤ的量子化位元率是十六位元，動態範圍大約只有九十六分貝。」

「我是在一篇講 DVD-Audio 的文章上看到的。DVD-Audio 或 Super Audio CD，所含有的資訊量是ＣＤ無法比擬的。」

翠點點頭：「DVD-Audio 的取樣數大約是九十六千赫茲，量子化位元率是二十位元到二十四位元，以音頻來說，可以重現十萬赫茲的聲音，動態範圍也有一百二十分貝到一百四十四分貝之間。柚木優子的演奏有DVD-Audio版嗎？」

「搞半天，妳也變成柚木優子的樂迷了？」菊川說。「有啊，去年在柏林錄的。查理·杜特華指揮，和柏林愛樂一起錄的名盤。我記得是以九十六千赫茲，二十四位元出的。」

「她當時用的是史特拉底瓦里？」

「我想應該是，不過得再確認。」

「我去買。」

「也有辛島秋仁指揮的DVD-Audio喔，妳要買嗎？」菊川語帶諷刺。

翠很乾脆地答：「沒興趣。」她站起來，直接朝門口走。

菊川不知為何鬆了一口氣似地，顯得很高興。

「喂，等等，外行人要找很費力的，我陪妳。」菊川跑著去追翠。

赤城看著他們兩人的背影說：「什麼嘛，連翠也變成古典樂迷了。」

過了一小時左右，只有菊川一人回來。

百合根問菊川：「翠呢？」

「她去科搜研那邊了，她說要馬上聽柚木優子的 DVD-Audio。」

「哇喔！我也想聽。」青山說，話才說完人就已經朝門口走了。

百合根很好奇翠怎會突然想聽這些？他對赤城說：「我們也去看看吧。」

赤城皺起眉頭：「我幹嘛陪你們搞這個？」

「你覺得翠會為了興趣去聽音樂嗎？」

赤城略想了想，說：「不是不可能，我又不知道她在想些什麼。」

「可能是找到什麼線索了啊。」

「線索？你是說小提琴失竊案嗎？」

「這還用說嗎？」

「光聽 CD、DVD-Audio 什麼的就聽得出來？」

「我也不知道，可是翠的音覺世界跟我們是不一樣的。」

「還有，翠說了一件怪事。」菊川對百合根說。

「她說什麼？」

「她要我們去向警犬訓練所借犬笛。」

百合根覺得莫名其妙，但還是說：「那我來安排吧。」

山吹站起來：「既然頭兒說要去，那就大家一起去吧。」

赤城朝山吹瞄了一眼，這才總算站起來。

「真沒辦法。」

黑崎最後一個站起來，一行人前往科搜研。

翠已經在音響室裡聽DVD-Audio了，青山立刻打開音響室的隔音門走進去。

百合根問科搜研的人員：「原來我們有DVD-Audio的播放器啊？」

「我們才沒有預算買那麼貴的東西哩。」

「那要怎麼聽？」

「把播放軟體灌進電腦，音效卡也換成DVD-Audio音響用的，勉強湊和。」
「警部大人，我可不可以也進去聽？」菊川說，「我還沒聽過DVD-Audio。」
「可以啊。」
百合根和赤城、山吹、黑崎三人，連同負責人員一直在音響室的控制面板前等到演奏結束。控制面板的小擴音器也傳出來自同樣音源的聲音，是監控用的。
不久，還不等演奏結束，翠就從音響室裡衝出來。
「我受不了了！」
對有幽閉空間恐懼症的翠來說，關在音響室裡一定是莫大的痛苦吧。
青山和菊川一直等到演奏結束才出來。
「啊，果然厲害！」菊川說，「聲音的深度和高音的延展。」
青山也說：「體驗過這動態範圍，就回不去CD了。」
翠對這話題沒有表示任何興趣。百合根問她：「妳是要確認什麼吧？」

翠點點頭：「對，我要確認柚木優子的小提琴聲。」

「可不可以解釋一下是怎麼回事？」

「你記得昨晚他們說的嗎？每一把小提琴都有它獨特的音色。」

「記得。」

「而那不僅僅是樂器本身的個性，也會因為演奏者多年來不間斷的演奏，創造出樂器特有的音色。」

百合根知道翠想解答的問題了。

「妳是想確認柚木優子的史特拉底瓦里的聲音吧？看看和妳昨天在排練時聽到的小提琴聲有沒有共同點。」

「對。」

「結果呢？」

「泛音的組成的確有共同點，尤其是人類聽閾外二萬赫茲以上的部分。」

「啊，所以妳才說聽CD沒有意義？」

翠點點頭。

菊川問：「這點重要嗎？」

「恐怕是很重要。」

「這樣就能解開史特拉底瓦里消失之謎嗎？」

「可以推理，但仍不知道消失的原因。」

「有一億圓的價值，就足以構成偷竊的原因了。」

「那也得要是真的有人偷走。」

「什麼意思？」

「青山說的數目的問題，沒有人認真去想，可是我覺得他說出了最重要的本質。」

「數目？」

菊川訝異地反問，青山說：「小提琴盒有兩只，可是小提琴有三把。」

翠點點頭：「對，不合理，所以大家都覺得不可思議，這和簡單的魔術是一樣的。」

「簡單的魔術？」

東西只有兩個，卻讓人以為有三個，所以才需要琴盒。」

聽翠這麼說，菊川一臉苦思：「妳是說，本來就沒有史特拉底瓦里？怎麼可能！柚木優子在排練會場確實拉了史特拉底瓦里。辛島秋仁作了證，樂團的人也都看到了。」

「就是這樣，才把這個案子弄得很複雜。」翠說。

「先別管它複不複雜，我聽得一頭霧水。」菊川說，「吶，妳好好解釋一下。」

「青山的說明就已經解釋了一切，再來還有兩、三件事有待確認。」

「喂，警部大人，這兩個人到底在說什麼？」

百合根正沿著這些線索的順序思考。

青山說的，他能理解。柚子優子的確拿兩只小提琴盒給卡羅保管，可是裡面兩把小提琴都被換成了畢索洛蒂，而大家都知道柚木優子確實在排練會場拉了史特拉底瓦里。也就是說，小提琴有三把。

最可能的是，有人連琴盒帶小提琴調包了。可是這樣卻產生了疑問，這一點青山也指出來了。如果犯人的目的是小提琴，就沒有必要調包，直接拿走就好了，既然能調換，直接拿走應該更簡單。

這麼做是為了延遲失竊被發現以爭取逃走的時間——戶波課長提出來的這番意見百合根也覺得有道理。若是這樣的話，小提琴盒就必須是柚木優子本人所持有的，而裡面有畢索洛蒂也不足為奇了。但是，百合根愈想愈糊塗。再加上，他也不明白翠確認柚木優子小提琴音色的理由。柚木優子的畢索洛蒂和史特拉底瓦里的音色有共通點，這又能代表什麼呢？

結果，百合根也無法回答菊川的問題。

## 9

下午，四點剛過不久，專案小組的幹部座位區傳來一陣騷動。

「命案？在柚木優子住的飯店房間裡？」

一切是從接電話等庶務負責人員的聲音開始，外出調查的偵查員還沒有人回來，百合根不禁站了起來。

接受下屬報告的戶波課長一臉困惑地對百合根說：「機動搜查隊已經抵達現場，一課剛出動，ST也去吧。」

百合根點點頭：「知道了。」

菊川已經朝門口走了。

「終於輪到我出場了。」

只聽赤城這麼說，ST五人便跟在菊川身後出發了。

命案現場的氣氛，百合根已經非常熟悉了。

各處都有機動搜查隊或轄區員警在對關係人進行偵訊；鑑識人員在屋內各處立起號碼牌拍照，鎂光燈刺眼，也有人正在採集指紋。

案發地點是柚木優子用來練習的房間，死者的身分立刻就被查出來，百合根和ST也都知道那號人物——小松貞夫，新東京愛樂的小提琴手，預定擔任這次公演的樂團首席。

「那是我的獵物，誰都不准碰。」

赤城一如往常先拋出這句話，準備開始檢視。

「在那之前，先讓我為往生者誦個經吧。」山吹說。

山吹一念起般若心經，鑑識人員也好奇是發生什麼事，停下了手邊的工作，不曾與ST共事的轄區刑警也一臉驚訝地看著山吹，然而沒有任何人加以阻止，甚至有人跟著低頭合掌。其實很多刑警都會對屍體說話，這是百合根跑現場後才知道的，此外多年當刑警的人，大多會有虔心信仰宗教之傾向。

山吹的般若心經一念完，現場彷彿解除了錄影帶的暫停鍵似地，偵查員和鑑識人員又動了起來。百合根這才發現，柚木優子和安東尼奧坐在客廳的沙發上，被偵查員團團包圍。

對了，昨晚辛島秋仁說有事想和小松貞夫、柚木優子兩人談，但現場卻不見辛島的身影。小松究竟死於什麼狀況？該不會是被那兩人殺害吧？

總之，先打聽狀況，百合根找著可以問到詳情的人。

這時候，赤城開口了：「是絞殺，凶器是細繩狀之物，從痕跡看起來，是電線。」

拿著相機的鑑識人員指著地板說：「是那個吧。」地板上有一條電線，一頭是一般的插頭，另一頭是磁吸式的母接頭，看樣子應是飯店熱水瓶的電線。

「拍過照了嗎？」

赤城一問，鑑識人員便點點頭：「拍好了。」

赤城戴著手套拿起電線，在屍體脖子上比對。幾名鑑識人員聚過來看。

「真驚人！勒痕和大小都一致，這應該就是凶器了。」

「皮膚上可能會有電線的碎屑。」其中一名鑑識人員說。「絞殺時，會對電線施以很大的力量，很可能因摩擦而造成表面有細微的剝落。」

「沒錯。」另一名鑑識人員說。「也可能因為摩擦生熱而溶出。」

赤城點點頭：「驗屍的時候要提醒一下。」

「不是由你驗嗎？」再另一名鑑識人員問。

「要是有地方，就由我來驗，我也是學法醫的。」

不知不覺，鑑識人員都聚集在赤城身邊，開始交換專業意見。這是常有的事，赤城天生便具有聚集人群的才能，即使如此，他本人還是堅稱自己是獨行俠。

黑崎將鼻子湊近屍體的手，然後悄聲對赤城說了什麼。

赤城將他的話告訴鑑識人員：「他手上有松香附著。」

「松香？」仔細聆聽他們對話的菊川說：「這代表他拉過小提琴。」

青山說：「他的東西在哪裡？」

一名鑑識人員答：「我想應該是那個。」

有一個小提琴盒和一個用來裝文件的包包。包包的大小可裝大型的文件，看來應該是用來裝樂譜的。

「可以看嗎？」青山問鑑識人員。

鑑識人員確定青山戴了手套，才回答：「可以，已經拍過照了。」

青山打開琴盒，確認裡頭的東西。

「這不是史特拉底瓦里吧。」

聽到這句話，菊川也過來看。

「哦，不是。怎麼了嗎？」

青山不答他的問題，開始沉思。

菊川攔住一名機動搜查隊隊員問問題，百合根與ST的成員也走近去聽。

那名機搜隊員一臉困惑地敘述：「實在是太令人驚訝了！據柚木優子說，這個房間的門是從內部上了鍊條。」

菊川臉上也出現了與這名機搜隊員類似的疑惑：「你說什麼？」

「死者是死在一個上了鍊條的房間裡。」

「你是說，那時候，房間裡只有死者？」

「她是這麼說的，接到聯絡趕來的轄區警官也這麼說。」

「是誰剪斷鍊條？」

「是轄區警官在飯店人員的同意下剪斷的。」

「在場有誰？」

「飯店人員、兩名轄區地域係的同事以及柚木優子。他們剪斷鍊條進來，發現死者倒在裡面的那個小房間。柚木優子說那時候聽到有吵鬧聲，安東尼奧頭一個從外面跑進來，接著兩名保鏢趕來。她的說法與飯店人員以及轄區地域係員警所說的一致。」

「除了上了鍊條的門以外，沒有別的出入口嗎？」

「沒有，窗戶完全封死，對外的出入口只有一個。」

「換句話說，是密室殺人了？」菊川喃喃說道。

機搜隊員點點頭。

百合根再次環視房內。這間套房的確是密閉的空間，然而真的沒有別的通道嗎？——他心裡這麼想。

機搜隊員說的沒錯，每一扇窗戶都是封死的，也就是說沒有能夠對外打開的窗戶，既無法闖入，也無法脫離，要進出只能靠上了鍊條的那扇門。

「密室殺人？」翠說。「別鬧了！光聽我就不舒服。」

百合根心想，翠有幽閉空間恐懼症，她的反應應該是針對密室這兩個字。

轄區偵查員和趕來的本廳搜查一課的人也都一副困惑的樣子。

百合根對菊川說：「我們直接找柚木優子小姐談吧。」

「也好。」

柚木優子和小提琴失竊時同樣悠然地坐在沙發上，然而臉色比那時候還蒼白，畢竟小松貞夫死在她的房間裡，也難怪她如此。昨天聽說她學生時代上過小松的課，這次的音樂會也要和小松同台。

「可以向她問一下話嗎？」百合根開口問。

四周的偵查員都轉頭看百合根和菊川。

「ST的啊。」已經認識他們的本廳搜查一課的偵查員說，「麻煩請簡短，她精神上受到不小的打擊。」

「沒關係。」柚木優子的聲音沉著得令人訝異。「我已經習慣同樣的問題被問好幾次。」

「不好意思。」百合根說。「今天，妳們是在這裡討論事情吧。」

柚木優子點點頭：「是的。」

「我記得是辛島秋仁、小松貞夫和妳三個人？」

「對。」

「可是，小松先生獨自在這裡身亡了，為什麼會變成這樣？」

「我們三個人一點集合，在那個小房間裡討論。」

「是妳用來練習的房間，也就是小松先生身亡的地方，對嗎？」

「是的。我三點要接受音樂雜誌的採訪，跟對方約好在樓下的咖啡廳，時間到了我必須下去，可是那時我們的討論還沒有結束，我便留他們兩人在這裡，到一樓的咖啡廳去了，後來發生什麼事我不知道。這房間的門是自動鎖，所以我用自己的鑰匙開門，可是，門卻從裡面上了鍊條，我進不來。」

「那時候，您是一個人嗎？」

「不，卡羅跟我一起。」

「接著您怎麼做？」

「我要卡羅打電話給櫃台。卡羅為了打電話，回到他自己的房間，不久飯店的工作人員就來了。那時候，我注意到有臭味。」

百合根點點頭。人遇上突來的死亡，通常會失禁，也因此絕大多數的命案現場都有屎尿味。

「飯店人員報警，五分鐘後來了兩位警官，他們在飯店人員同意下剪斷鍊條。」

「剪斷鍊條進來之後，就發現小松先生倒在地上。那時候，辛島秋仁並不在裡面？」

「不在。我想應該是討論結束，他就回去了吧。」

百合根在腦中整理柚木優子說的話。的確，若柚木優子所說屬實，這就成了密室殺人。

百合根問赤城：「小松貞夫應該沒有可能是自殺的吧？」

「不可能。」赤城回答得很乾脆。「有吉川線。」

人的頸部一旦被勒住，便會本能地想將勒住自己的東西拉開，因而在頸部造成抓痕，這就叫作吉川線，是判斷他殺的關鍵。這麼一來，就還是密室殺人了，殺害小松貞夫的兇手不可能離開這個房間。

「無法從外頭將鍊條鎖上嗎？」

百合根向四周的偵查員詢問，一名搜查一課的刑警回答：

「已經確認過，從外面是鎖不上的，而且鍊條上也沒有加工過的形跡。」

百合根陷入沉思。

菊川接著問：「妳發現遺體時，身旁還有誰？」

「飯店人員，和兩位警官。不久安東尼奧、卡羅、法蘭柯三人也趕來了，我想應該是卡羅通知他們的。」

「那之後，機動搜查隊和轄區刑警就到了，」一名偵查員說，「接著是本廳的搜查一課，最後是ST。」

菊川點點頭。

百合根再度發問：「辛島秋仁、小松貞夫和妳三人討論了些什麼？」

雖然只有一瞬間，但柚木優子難得地露出了困惑的樣子說：「不好意思，要讓大家見笑了。」然後又立刻重拾她向來超然的態度。「小松先生對辛島和我，似乎有點反感。也許是因為兩個年輕人被捧得高高的，讓他感到不是滋味，辛島一直把這件事掛在心上。」

自己的學生成了世界級巨星凱旋歸國，也許就是有人無法真心感到高興，尤其是音樂等藝術世界裡的人，那心情應該很複雜吧。那是嫉妒，電影《阿瑪迪斯》也描寫了薩利耶對莫札特的心結。

「原來如此。」百合根說，「談得順利嗎？」

「大致順利。辛島自始至終都很平靜，對小松老師也很尊敬。我想小松老師應該也理解了我們的意思，所以接著我們將話題移到音樂上，拿出小提琴開始討論。」

「原來如此，」赤城說，「所以死者手上才會附著著松香。」

「小松老師和辛島詳細地討論弓法了。」

「弓法？」百合根不禁問。

菊川從旁說：「就是怎麼運琴弓，在交響樂團裡，經常是由樂團首席下指示。」

百合根點點頭，然後問柚木優子：「他們討論到一半，妳因為要接受採訪而離開了這個房間？」

「是的。」

「有人拉小提琴這一點，我們已經從安東尼奧先生這邊獲得證實了。」

一名偵查員說。

「口譯來了嗎？」

「來了。我們從竊盜案的專案小組那裡大致了解了一些事情，來之前就知道會需要義大利語口譯。」

翠說：「可以和安東尼奧談談嗎？」

偵查員因為翠暴露的服裝有些心猿意馬，一邊回答：「可以，他在自己的房間裡。」

「我可以過去嗎？」翠問百合根。

「我們也過去吧。」

百合根向柚木優子道了謝，離開那裡，走向走廊另一側安東尼奧的房間。

這時候，翠悄聲對百合根說：「柚木優子今天頭一次說了謊。」

百合根不禁看向黑崎，黑崎也緩緩點頭。

ST整組人馬和菊川移師到安東尼奧的房間。就如上次確認過的，安東尼奧的房間結構和柚木優子那間幾乎一模一樣。

翠透過口譯，開始向安東尼奧發問。

「你是什麼時候發現有異狀？」

安東尼奧回答，由口譯翻譯：「卡羅來通知我，我這才趕過去。日本的治安究竟是怎麼回事？重要的小提琴才剛被偷，接著又有人被殺。」

「當時，房間裡有什麼人？」

「優子和飯店的人，還有兩名警官，卡羅、法蘭柯和我在一起。」

這些話，和柚木優子所說的一致。

翠接著問：「你說你聽到小提琴的聲音？」

「對，有人拉小提琴。琴聲停了不久，卡羅就來叫我，我們才會趕緊到優子的房間去。」

「小提琴的琴聲停止，到卡羅來叫你，這中間大概隔了多久？」

「這個嘛，十分鐘左右。」

菊川說：「看來兇手就是在這段期間犯案。」

百合根點點頭。小提琴竊案專案小組接到通知，是剛過四點不久，換句話說，這和轄區警察以無線電報告的時間不會差太多。遺體是剛過四點不久被發現的，這可以推定為卡羅來叫安東尼奧的時間。

柚木優子為了三點的採訪到一樓的咖啡廳去，接受為時大約一個鐘頭的採訪後回到房間。

若採信安東尼奧的說法，在柚木優子回到房間之前不久，有人拉小提琴。假如是死者拉的，就表示死者在被發現的前一刻還活著。

百合根悄聲問赤城：「屍體看得出是死後過了多久？」

「可以說才剛死，只有零星屍斑，也還沒僵硬。」

翠又問：「你是在這個房間裡聽到小提琴的琴聲？」

「我一直都在這裡，除了這裡，是要在哪裡聽到？」

翠點點頭，表示問題問完了。

百合根心想，還得向卡羅和法蘭柯問同樣的問題。結果他們的說法，和安東尼奧幾乎一致。

回過神來，不見青山的人影，該不會回去了吧？

百合根去找青山，他回到柚木優子的房間去了，正站在命案現場的那個小房間裡，頻頻打量房中各處。屍體已經運走了。

「你在做什麼？」

「在算出入口。」

「算？」

「我說，頭兒，才不可能有密室。」

「那要怎麼解釋這個狀況？」

「用數目來想就行了。」

百合根完全不明白青山在說些什麼。

客廳那裡忽然一陣嘈雜，過去一看，原來是辛島秋仁來了，他站在客廳，望著柚木優子。

「請問你是從哪裡來的？」搜查一課的刑警問。

辛島秋仁鐵青著臉回答：「我在回家的路上警方打電話到我的手機，我就趕回來了。」

刑警說：「我們有很多事情必須向你請教。」

口氣很嚴厲，顯然是懷疑辛島秋仁。

嫌疑最大的是辛島秋仁。目前已知他是最後和死者在一起的人，且他和死者之間的確有糾紛。

可是，百合根心想，如果辛島秋仁是兇手，他為何還傻傻回到現場？

密室殺人之謎，是因為他對這個謎有十足的自信嗎？

總之，先跟著刑警一起聽辛島秋仁怎麼說吧——百合根這麼想。

## 10

柚木優子移往飯店準備的另一個房間，刑警在客廳裡展開對辛島秋仁的訊問。

警視廳搜查一課的係長代表發問：「你幾點在這裡與死者小松先生碰面？」

「一點。」辛島臉色依然鐵青。「我們約一點在這裡碰面。小松先生幾乎是準時到，我則遲到了一下，大約兩、三分鐘。」

「那時候，房間裡有誰在？」

「柚木小姐和小松先生，還有我。」

「就只有你們三人？」

「對，就只有我們三人。」

「你們在這裡做了些什麼？」

「討論，我們有點事情必須要攤開來談。」

「什麼事情？」

「小松先生是前輩，在我學生時代當過特聘講師，我也上過他的小提琴課，柚木小姐也上過小松先生的課。所以，小松先生，怎麼說呢，好像有點誤會了。」

「哦！誤會？」

「指揮必須對整場音樂會負責，獨奏者必須獨自面對整個交響樂團，所以在情緒上絕對不能有任何芥蒂，再小的都不行。」

「換句話說，小松先生不服你？」

「他並不尊敬我。」辛島秋仁說。「我知道這聽起來或許有些傲慢之嫌，但音樂會要成功，這是必要的。敬意不是對我個人的人格，而是對我的音樂性。過去我曾受教於小松先生，如今我們角色不同了。音樂會結束之後，我依舊會因他曾是我的老師而尊敬他，絕不失禮。不過排練時得另當別論，這必須嚴加要求。」

「換句話說，你們兩人產生對立了？」

這個問題是陷阱，百合根這麼認為。如果答是，那麼在動機上，會對辛島秋仁不利，若否定，係長一定會更深入追問。

辛島秋仁回答：「是的。但並不嚴重，所以我認為只要講開了，彼此就能互相體諒。」

「那結果呢？」

「一如我的預期，我們把想說的話說出來，問題就解決了。之後我們討論起音樂方面的事，是小松先生說既然有這個機會，就把一些平常沒辦法談到的細節好好確認一下。」

「他拉了小提琴是吧？」

「對，因為我們談到很細節，小松先生就取出了他帶來的小提琴。」

「然後呢？」

「到了三點，柚木小姐說她有採訪便離開了房間，我們則繼續討論。後來又討論了多久啊？總之討論到一個段落，我就決定先離開了。」

「那小松先生呢？」

「他說還有點事要跟柚木小姐說，要等她回來。那就是我最後見到小松先生的時候。」

「然後你做了些什麼？」

「我聽說柚木小姐是在咖啡廳接受採訪，就去找她想跟她打聲招呼，可是沒找到，所以我就搭計程車回家了。」

「沒找到？」係長說，「這就怪了，柚木小姐的確是在咖啡廳受訪，這點我們已向雜誌社確認過了。」

辛島秋仁聳聳肩：「也許是錯過了。」

「錯過嗎？」係長的語氣帶著一絲諷刺。

百合根發現，菊川露骨地表現著不滿，應該是難以忍受他的偶像辛島受到懷疑吧。

「我在飯店大門前搭上計程車回家，但車還沒到家，警方便打電話到我的手機，所以我就折回來了。一開始我還以為是惡作劇，就算是現在，我還是難以置信。」

偵查員對辛島的態度並無失禮，然而也絕對說不上溫暖，他們大半都懷疑著辛島，雖然還不到覺得他有嫌疑的地步，但還是認為「十分可疑」。

百合根也有疑心的地方。昨天晚餐時，提起要在這裡和小松討論的就是辛島，他極有可能在那個時候便開始擬定殺人計畫了。

百合根客氣地向係長舉起手：「請問我可以問問題嗎？」

係長點點頭：「ST，請。」

百合根問辛島：「你事前來過這個房間嗎？」

辛島愣住了，似乎不明白百合根這個問題的用意。

「沒有，今天是第一次。」

「沒有。」

「你曾經住過這家飯店的同型套房嗎？」

「您到歐洲之後，曾經回國嗎？」

「回來過兩次。」

「回來時，您都住在哪裡？」

「和這次一樣，住家裡。」

這些應該馬上就可以確認，百合根點點頭。

忽然間，辛島的臉色沉下來：「為什麼要問我飯店的事？」

百合根猶豫著不知該如何回答。警方在問話時，並不會回答對方的反問，百合根決定仿效。

「你今天是第一次來，沒錯吧？我們可能要向飯店確認此事。」

辛島面露悲傷的神色：「你們在懷疑我對不對？如果我不是第一次來這裡，會怎麼樣？」

百合根覺得好像做了什麼壞事，應該要為自己辯白，卻不知道該說什麼。

這時候青山開口：「就是說你能不能事先計畫謀殺，好比非常了解房間的結構、知道沒有人知道的出口、動過什麼手腳等等，想問的就是這些。」

辛島的神情更加悲傷了：「原來如此。可是我剛才說的全都是真的，我是第一次來到這個房間，也是真的。」

「對。」青山說。「辛島先生不會殺人，那是不可能的。」

偵查員全都看著青山。

係長說：「這種話不要隨便說，偵查才剛開始而已。」

「但明明就是啊。」青山不以為意地面向係長說。「假設是辛島先生勒死了小松先生之後逃走，那是誰上的鍊條？」

「呃，那個，這是……」係長說不出話來。

「這是不可能的。」

「所以才是密室殺人啊。」係長說。

「我現在就是在說，密室殺人在理論上是不可能實行的。」

辛島傻了：「鍊條？密室殺人？」

「對。」

係長苦著臉說：「柚木優子小姐受訪完回到房間，發現房間上了鍊條，而小松先生就死在裡面。那房間的窗戶構造是無法打開，就算想撬也撬不開，門只有一扇，就是上了鍊條的那扇，所以要進那個房間，我們還必須先剪斷鍊條。」

「怎麼會……」

「不可思議吧？究竟為何會發生這種事，我想你也許知道。」係長說。

辛島還沒開口，青山就說了：「這種話不能隨便說吧？」

「你說什麼？」

「偵查才剛開始，辛島先生也不是嫌犯。」

「沒錯，但他是關係人。」

「怎麼能問關係人密室是怎麼偽造出來的？」

係長恨不得想咬人的樣子狠盯著青山，最後他忍住什麼都沒說。

百合根心裡乾著急，因為應該馬上就會成立專案小組，這個係一定是其中一部分，在專案小組中樹敵，光想像就夠他胃痛了，青山卻滿臉不在乎。

百合根拉拉青山的袖子說：「適合而止吧。」

青山冷冷地說：「還不都是因為頭兒多嘴。」

「我多嘴？」

「你說的那些會助長別人對辛島先生的懷疑。」

「夠了！」係長厲聲說，接著他看著辛島，說：「很抱歉，請恕我失禮了，痛失友人，想必您也很難過。」他話雖說得客氣，但卻很難說是出自真心。

「我們日後會再去打擾。」係長以這句話結束了訊問。

辛島一副不知如何是好。菊川走過去跟他說了許多話，大概是待在命案現場也幫不上忙，不如先回去吧。

翠悄悄問百合根：「拿到犬笛了嗎？」

百合根都忘了，上午請人去找，中午剛過就送來，他一直放在口袋裡，於是遞給翠。

「妳要這個做什麼？」

翠在門旁調整犬笛的鬆緊度，然後含在嘴裡，吹了一下，可是百合根什麼都沒聽到，心想：「咦，怎麼沒聲音？」

整個房間裡有偵查員和鑑識人員等十多人，除了一個人，沒有誰有任何反應。唯有正在和菊川說話的辛島，忽然抬頭朝翠這邊看，那一刻他彷彿僵住了，動也不動，望著翠好一會兒。

剛才到底發生了什麼事？百合根心想。

辛島微微搖頭，一邊苦笑，感覺像是「唉，被逮到了」。

百合根問翠：「剛才到底發生了什麼事？」

「辛島秋仁聽到了人類應該聽不到的聲音。」

「人類聽不到的聲音？」

「對。有一種犬笛叫做無聲笛，會發出人類聽不見的高音。」

「剛才那個就是嗎？」

「對。非常高的聲音，所以我想辛島秋仁應該是嚇了一跳吧。」

辛島秋仁從沙發上站起來，走向翠，對她說：「這次，換妳測試我了？」

翠回答：「正是。你說你的聽力跟一般人一樣，其實是在說謊。你對我感興趣，也是因為有生以來第一次發現『同類』。」

辛島點點頭：「聽到妳說彈鋼琴時，鍵盤上下、琴槌敲打的聲音會讓妳分心，無法專心於音樂的時候，我好感動，因為我也一樣。我從來沒想過，竟然有人能夠理解我的聽覺世界，能遇見妳，我真的很高興。」

翠則完全就只是平常的翠。

「你為什麼要說謊，說你的聽力很普通？」

「因為我一時不敢相信妳真的擁有超人的聽覺啊！」

「這也是說謊，其實是因為你必須隱瞞你聽得見別人聽不見的聲音。」

說完，翠便一個轉身，背對辛島走出房間。

辛島困窘地朝百合根看了一眼，輕輕聳聳肩，看起來就像個失戀的男孩。

## 11

翌日一早，大批小松貞夫命案的偵查員加入了史特拉底瓦里失竊案專案小組。本來應是要有各別的專案小組，但高層會談後認為兩個案件的關聯性極高，便決定要成立共同的專案小組，編制也一口氣增加到一百五十人。

原本以負責竊盜案的三課為中心的偵查員個個都很困惑，昨天還當作竊盜案來辦，今天早上開了小組會議就變成謀殺案。然而隨著會議進行，他們的困惑也一掃而空，大家都理解做好自己該做的事就對了。

昨天前往命案現場的搜查一課係長菅沼大輝向大家報告案情。據菊川說，他是全心投入重大案件的熱血分子，個頭很高，看得出年輕時相當帥氣。

聽菅沼報告時，專案小組氣氛開始浮動。幹部的陣容裡多加了搜查一課長田端守雄與管理官池谷陽一，他們的表情也甚不開朗。菅沼的報告條理分明，與百合根所知的事實相符。

報告一結束，田端一課長便說：「喂！先等一下，你說這是密室殺人？」

菅沼在報告時並沒有用密室殺人這樣的字眼，然而聽了他的說明，任誰都知道是這個意思。

「屬下不知該如何判斷，」菅沼非常謹慎，「只是陳述目前所知的狀況。」

若在專案小組中用了密室殺人這種字眼，天曉得會怎麼被這群幹部釘。誰最先搬出這個字眼相當重要。若是由田端課長頭一個說出來，偵查員說話就方便了，百合根心想。

田端一課長繼續說：「照你說的，竊盜案那邊好像也變得很棘手？」

戶波三課長回答：「簡直就像怪盜的手法，小提琴盒裡的東西在移動的途中被調包了。」

「還沒有眉目嗎？」

戶波三課長環視負責竊案的偵查員，他們都低著頭，不敢與課長對上眼。

戶波三課長對田端一課長說：「你都看到了。也有人認為是愉快犯，以怪盜自居的愉快犯。然而，這樣的犯人一定會想留下行跡，如犯案聲明之類的，但目前卻沒找到。我們在高科技犯罪對策室的協助下，於網路進行各種搜尋，卻沒有發現類似的犯案聲明，贓物調查目前也沒有進展。」

百合根注意到專案小組成立時自信滿滿的資深刑警寺澤顯得十分疲累。前天在排練會場進行的搜索，大概也一無所獲，沒有任何線索。

百合根悄悄觀察ST成員的情形。

赤城顯得比平常更不高興，死者遺體已送往某大學醫院，由別的法醫進行解剖，他一定是覺得獵物被搶走了；山吹認真地記筆記；黑崎一如往常，冥想般靜靜坐著；青山則是勉強集中精神在會議上，正看著發下來的資料；翠正撐著臉頰發呆。

百合根覺得奇怪，這不像平常的翠。她平常都會挑釁似地雙手抱胸，望著幹部席，現在的她似乎在沉思著什麼。這幾天她經常這樣，昨天離開命案現場回到警視廳，一路上她一句話都沒說。

菊川若無其事地暗中關心翠，但並不會直接對她說什麼，那不是他的風格，他是那種背地裡默默守護的人。百合根把翠借了犬笛的事告訴菊川，結果菊川只說了句「原來如此」。

問他為何這麼說，菊川答：「結城啊，她的聽覺世界跟我們是不同的，那是一個難以想像的世界，她會聽到自己不想聽的聲音，當然有時候會帶來些方便，但我倒認為痛苦的時候更多。像我，只是隔壁鄰居放個搖滾樂，我就會睡不著，可是沒有人能夠了解結城的日子有多難過。不過現在出現了一個真的能夠與她有同感、能夠分享同一個世界的對象。」

百合根明白菊川的意思。翠和辛島秋仁有某種共鳴，不，也許不止是共鳴。菊川認為翠也許是因此而煩惱。百合根卻想，翠真的是為這件事煩惱嗎？

不知不覺會議已有進展，要來決定整個專案小組的編制，首先要分成兩大組，一組負責竊盜案，另一組負責命案。竊盜案組的負責人是戶波三課長，命案組的負責人是田端一課長，由磯谷刑事部長統括兩者。同時，為了暢通匯整雙方的聯絡與情報，支援組直接由部長指揮，組員可自由來往於兩組之間。ST繼續列於支援組。

接著，小組會議以搜查三課和盜犯係為主，討論史特拉底瓦里失竊案。偵查員之一發言：「柚木優子的小提琴失竊，而音樂會的共同演出者在她所投宿的房間遇害，這些都是事實，但我認為過度將注意力都集中在這件事情上反而會有問題。」

磯谷刑事部長問這名偵查員：「你的意思是？」

刑事部長親自開口發問，偵查員恭恭敬敬立正不動地答道：「就像寺澤先生日前說的，屬下依然認為很有可能是以怪盜自居的犯人所犯下的竊盜案，同時也不能否定命案發生的原因可能與竊案完全無關。」

「你這麼說有什麼依據？」

「不如說，屬下認為沒有證據可以證明兩個案件彼此相關。」

「但是，雙方都是與柚木優子有關。」

那位偵查員似乎有話要說，但只是在嘴裡動了動，什麼都沒說便坐下了。要對刑事部長提出反對意見，需要非同小可的勇氣，但這名偵查員的勇氣似乎已耗盡了。

取而代之的是資深刑警寺澤，以他那又急又捲的口音發言：「這小子想說的是，不合理，不合理啊。」

「不合理？」刑事部長要他說下去。

「是的。史特拉底瓦里被偷走了，這是事實。那把小提琴要價不斐，一旦值錢的東西到手，小偷是不會再度接近現場，可是這次在小提琴被調包的現場卻有人被殺了，所以不合理。」

「兇手和小偷不見得是同一人。」

「他就是這個意思。兩個案子也許沒有直接相關，也許只是柚木優子禍不單行。」

刑事部長無言地盯著寺澤看了片刻，才和旁邊的田端、戶波兩位課長討論，所有偵查員焦急地看著他們。

戶波課長說：「總之，竊盜案組要全力追查史特拉底瓦里的去向，以找出失竊物品為最優先。」

寺澤說：「為此，必須先解開小提琴被調包的手法。」

「找出失竊物品，過濾出犯人，就能解開手法。」

「這是先有雞還是先有蛋的問題。」

「目前無法解釋東西如何失竊，只有全力搜查贓物和關係人的證詞了。」

百合根十分能理解戶波課長的焦躁，從犯人的手法感覺得出他在嘲笑警方，就是這樣才教人生氣。

百合根看到青山又開始弄亂文件，他嘴裡念念有詞，側耳細聽，說的是出入口只有一個什麼的。百合根正要再進一步想這句話的意思時，便聽田端課長說：「我們也不要輸給竊盜案組，無論如何都要以及早破案為目標。」

菅沼係長舉手想發言，田端課長一點名，他便說：「依狀況判斷，辛島秋仁應為重要關係人，把他抓來問個仔細，也許能問出什麼。」

「不知在說什麼傻話，」菊川喃喃地說，「人家可是日本之光啊。」

田端課長說：「視情況，也許不得不這麼做。」

「把辛島秋仁找來也不會有幫助，只會丟臉而已。」青山說。顯然是他的自言自語，但也太大聲了。

菅沼係長朝青山看，說：「看樣子，ST否定了辛島秋仁的嫌疑。」

田端課長被挑起興趣：「是這樣嗎？」

百合根趕緊站起來：「不，偵查才剛開始，我們只是希望能避免過於獨斷的說法。」

「不。」菅沼係長還是看著青山。「ST中有一人很明顯地在這裡就斷定辛島秋仁不是兇手。」

「是嘛？」田端課長問百合根，「真的是菅沼說的那樣嗎？」

百合根不知如何是好。就算是青山，也不可能已經解開密室殺人之謎，現在線索還太少，連驗屍報告和鑑識結果都還沒有出爐。

「你們是科學特搜班吧？」菅沼係長說。「那就以科學的方法解開這棘手的案子給大家瞧瞧啊！」語氣很酸。

寺澤也幫腔：「對啊！我們也很期待呢！」

百合根慌到極點，急忙否定：「科學辦案若是沒有可分析的材料也……」

青山卻打斷百合根說：「好啊。」

連幹部在內，所有偵查員都看向青山。

菅沼問：「你的好啊是什麼意思？是說你已經解開密室之謎了？」

「那根本算不上密室。」

「你說什麼？」

「我說呢，讓史特拉底瓦里消失和布置成密室殺人的手法是有共通點的，你看不出來嗎？」

「共通點？」磯谷刑事部長說，「難不成，是你之前說的數目？」

「不愧是高考組的。」青山率性說出當下最不應該說的話。

「我記得你說過小提琴盒和小提琴數目不合。」

「對。」

「這和密室殺人之謎有共通點？」

「大家都以為命案的出入口只有一個。」

青山才說完，菅沼係長便不耐煩地反駁：「事實上，出入口確實只有一個，就是那扇上了鍊條的門。」

「對，那個房間的出入口只有一個，可是命案現場卻有兩個出入口。」

「你胡說什麼？那個房間不就是命案現場嗎？」

「不是啊，那個房間不是套房嗎？有三個空間連在一起啊，而命案現場是其中之一。」

百合根恍然大悟。的確，柚木優子用來練習的那間房有兩個出入口，一個通往客廳，另一個與寢室相連。

青山說：「說到科學辦案，大家一定都以為是試新藥、使用最新的機器，或是DNA鑑定之類的種種分析法吧。不過那才不叫科學，盡可能將事物單純化，再去思考、從中發現規則，才是真正的科學方法。兇手意圖讓整個案子看起來很複雜，大家就被他牽著鼻子走。」

「犯人意圖混淆？」磯谷刑事部長問。

「對，兩個案件的手法是一樣的。讓史特拉底瓦里消失和布置得像密室殺人用的是完全相同的手法。魔術是有機關的，為了不讓人看穿這個機關，魔術師會用布幕或箱子。史特拉底瓦里消失的案子裡，小提琴盒就代替了布幕和箱子；在命案裡，整個套房就是布幕和箱子。真正的現場只不過是套房裡的其中一個房間，大家卻被魔術手法唬得一愣一愣，只看得到套房大門上的鍊條。」

「魔術……」磯谷部長喃喃地說。

專案小組鴉雀無聲。

「對，這次音樂會的相關人士當中，一定有人跟魔術脫不了關係，好比當過魔術師或是對魔術很有興趣。」

「一時之間令人難以相信，不過，」磯谷部長對兩位課長說，「小心起見，去查。」

兩位課長同時點頭。

「我實在聽不懂。」寺澤說，「也許你自以為解開了謎，但我完全不明白到底是怎麼一回事。」

青山對寺澤說：「這整個案子，如果只發生竊盜事件，謎題一定解不開，可是又發生了殺人事件，結果卻讓兩邊的謎都解開了，真是非常諷刺。」

「你能不能好好解釋啊？」

「與其用說的，不如實際示範比較簡單，以實驗來證明可重複性也是一種科學的手法。」

「那，你是要讓小提琴消失嗎？」

「對。可以請你扮演卡羅嗎？」

「你說什麼？」

寺澤臉上出現不知該生氣還是該驚訝的表情，瞪著青山。

## 12

「既然要演，不如把柚木優子和辛島秋仁都叫來，這樣也許會比較快。」

專案小組認真討論了青山的這個提議。

結果，決定以配合偵查的理由請他們到案。向兩人洽詢的結果，兩人都答應配合。

百合根不敢相信青山怎能那麼有自信。他知道青山的意思，兇手的確是用了魔術的手法，然而他們卻還不知道實際上是怎麼做到。在青山進行「實驗」的準備時，百合根感到不安，他對赤城說：「真的辦得到嗎？將小提琴調包。」

赤城顯得很吃驚，「這有必要懷疑嗎？」

「如果不是百分之百了解兇手的手法，不就無法重現了嗎？」

「有什麼無法了解的？」

「你知道？」

「不止我，ST的人應該也都了解才對。」

「不會吧！」

「因為我們全都是理科的，發現數目不對絕不會視而不見，認為其中必有因。數目不對，就表示是有人加或減了。」

「有人加了或減了？」

「當然啊，只是本來不知道那個人是誰，然而拜那命案所賜，就可以知道是誰了，這一點青山也說過了。」

對於文科的百合根而言，果然還是無法理解ST這群人的頭腦構造。

青山的「實驗」，田端課長、戶波課長、池谷管理官以及各係的係長都會出席。青山與ST眾人準備著實驗，百合根和菊川則是被排除在外。

決定要進行實驗的專案會議第二天上午十點，青山準備就緒，大家在柚木優子先前投宿的飯店集合。

菊川對辛島秋仁和柚木優子說：「不好意思，麻煩兩位跑一趟。」

柚木優子換了飯店。房間特別設有隔音設備的飯店應該不多，然而不願留在發生命案的地方也是人之常情。柚木優子是從後來換的飯店過來的。

辛島秋仁對菊川說：「要重現命案嗎？我很感興趣。所以警方已經解開失竊之謎了？」

「嗯，啊。」菊川不置可否，看來他對青山說的話也不是全然明白。

柚木優子什麼都沒說，她並沒有失去原本超凡脫俗的優雅，但顯然免不了精神上的疲乏，初見時那樣強大的氣場，這天已幾乎感覺不到了。

青山帶著兩只小提琴盒來到房間，房裡所有的人都注視著他。他帶來的與實際案件不同，只是便宜的琴盒，但兩只琴盒同色、同型。

「這兩個琴盒裡面各有一把小提琴，都是租來的，其中一把是國產的平價小提琴，另一把雖然也是國產，卻是仿史特拉底瓦里的高級品。」

田端課長說：「讓我看一下，我要親眼確認這兩把的不同。」

「沒問題，一看就知道。」青山面不改色地說。「不過在這裡打開琴盒，就無法重演了。柚木小姐，卡羅不會當場打開妳交給他的小提琴盒吧？」

柚木優子優雅地點點頭。

「卡羅不會開，能夠打開琴盒的，只有我。」

青山對田端課長說：「所以囉。」

「好吧。」

「那麼，卡羅就請你……」

「我是寺澤，好歹記一下啊。」

「寺澤先生，小提琴盒就交給你，請你帶著琴盒上車，前往排練會場。呃，我演的是柚木小姐，所以得和你同車。」

「快走吧。」寺澤說，似乎感到很無奈，大概覺得自己為何要被迫演出這場鬧劇吧。

一行人從飯店大門分別搭乘三輛公務車前往位於上野的音大。三輛公務車中兩輛是轎車，另一輛是小巴。兩位課長與柚木優子、辛島秋仁當然是搭乘轎車，青山與寺澤也為了重現過程搭乘轎車。係長他們與ST、菊川則是擠進小巴裡。這時候百合根終於發現黑崎不在，大概是在排練會場同時進行什麼步驟吧，他想。

路上照常擁塞，花了三十多分鐘才抵達學校。一行人魚貫穿越校園，前往排練會場所在的黃砂色大樓，上次的那名警衛默默看著他們通過。

青山問柚木優子：「好，我們必須正確地重現當天從此刻開始發生的事。那一天，卡羅把小提琴盒送到哪裡？」

「休息室。」

「送進去之後，卡羅做了什麼？」

「安東尼奧要他在外面看守，別讓外面可疑的人靠近，所以他便離開了休息室。」

青山點點頭。

「那麼，我演的是柚木小姐，演卡羅的，呃，寺田嗎？」

「寺澤。」

「我要和寺澤到休息室去，大家請在排練室等。」

青山和寺澤進入了休息室，其餘的人便依照青山的指示進到排練室。百合根提心吊膽，不知柚木優子和辛島秋仁什麼時候會生氣。青山做的這場「實驗」，就算被斥為鬧劇，他們也無話可說。然而，兩人什麼都沒說，意外地配合。

不久，寺澤便單獨從休息室出來，重現了安東尼奧命卡羅離開的橋段。

過了一會兒，青山便帶著兩只小提琴盒來到排練室，將兩只琴盒放在當天柚木優子所放的那個桌上，然後依序打開了兩只琴盒。

「來，請大家來確認吧。一把是普通的小提琴，一把是高級的史特拉底瓦里仿琴，一眼就可以看出不同吧？」

幾位係長讓兩位課長在前，兩位課長又對柚木優子禮貌地示意了一下。

柚木優子大概是從這氣氛察覺了他們的意思，率先走向兩只小提琴盒，取出其中一把細細打量，然後露出一絲微笑。

「和我這輩子拉的第一把小提琴一樣。」

她拿起一起擺進盒裡的弓，調節了一下，為那把普通的小提琴調音。偵查員全都屏氣凝神地望著她，尤其是菊川，像是看到什麼難以置信的景象似地呆立著。

突然，柚木優子拉起了小提琴。百合根感到世界瞬間變了。音色宛轉悠揚，信念堅定。好美，實在令人不敢相信只是普通小提琴的聲音。

曲子是舒伯特的《聖母頌》，人盡皆知的名曲，但在百合根聽來卻像是鎮魂曲，獻給死去的小松貞夫，帶著優美而深沉的悲傷。

和拉起琴時一樣突然，柚木優子停止了演奏，百合根有種大夢初醒的感覺。

柚木優子將小提琴放回琴盒，然後又取出仿史特拉底瓦里的高級品，重複了剛才的步驟，然後再度拉起。

百合根又再為之驚愕，跟剛才一樣覺得世界變了，但這次不止如此，音色本身便具有表情與說服力，那樂音有將人深深包覆的力量，同時又帶有熱情，就這樣令人忘了時間。

曲子是一樣的，但已經不是音色美不美的程度了，讓人真想永遠一直聽下去，除此之外再沒有別的念頭。這幸福至極的時光很快便結束了，偵查員之間有人很自然地發出輕聲的嘆息，菊川甚至感動得濕了眼睛。

柚木優子將那把小提琴放回琴盒，說道：「這把小提琴相當不錯。」

然後，她離開了那個位置。

一樣也癡癡望著柚木優子的青山回過神來，說：「各位，請確認。」

「用不著確認了。」田端課長邊說，邊走近樂器。「聽了剛才的演奏，就知道兩者的不同。」

「的確是完全不同的琴。」

偵查員全部輪流上前看過。寺澤親眼確認，百合根也去看了。

辛島秋仁卻不去看。

翠說：「是否如課長說的，沒有必要看？」

辛島秋仁看著翠點點頭：「妳不也一樣嗎。」

翠什麼也沒回答。

「好，繼續實驗吧。」青山說。「從排練結束的地方開始。柚木小姐，小提琴妳是當場、在樂團所有人眼前放回琴盒的吧？」

「是的。」

「那麼，我也這麼做。」

青山把收好小提琴的琴盒關好，然後向柚木優子確認：「然後呢？」

「我先帶著兩把小提琴到休息室。」

「那時候卡羅呢？」

「還在外面。」

青山點點頭。

「那麼，寺澤，待會兒叫你的時候，請你到休息室來。」

「好。」

寺澤的氣燄都收起來了。或許是因為聽了柚木優子的演奏的關係，再不然就是開始對青山所說的「實驗」產生興趣了？

青山很快便從休息室露臉喊寺澤，並且要大家在車上等。寺澤前往休息室，其餘的人則離開排練室，在黃砂色建築前等青山和寺澤。

不久，拿著兩只小提琴盒的寺澤和青山從門口出來了。寺澤手上的小提琴盒，看起來的確和來的時候一樣。回飯店的路上，幾乎沒有人開口說話。百合根和菊川也都保持沉默，百合根對青山的實驗結果非常好奇，菊川看來還沉浸在柚木優子演奏的餘韻之中，感動全都寫在他的臉上。

回程與去程一樣，花了三十多分鐘才返回飯店。

柚木優子說她一回到飯店就直接回房間，青山與寺澤也忠實地重現了這一點。回到飯店的房間，一行人聚集在客廳。

「好，誰來幫忙打開寺澤手上的小提琴盒吧。」青山說。

偵查員個個面面相覷。

「戶波，你來打開吧，這是你的案子。」田端一課長說。

戶波三課長點點頭，走近放在桌上的兩只小提琴盒，現場的每一個人都緊盯著他的一舉一動。戶波首先打開了第一只琴盒，百合根看得出那是普通小提琴，那麼另一只琴盒裡放的應該是高級的史特拉底瓦里仿琴。戶波打開那只琴盒，在近前的偵查員不禁驚呼失聲，百合根也忍不住皺起眉頭。

那只琴盒裡的，看來是和第一只琴盒裡一模一樣的普通小提琴。戶波課長左右手分別拿起兩把小提琴，高高舉起，讓所有人都能清楚看見，偵查員全都一臉訝異地看著他。

戶波課長說：「在我看來，這兩把小提琴是一樣的，史特拉底瓦里仿琴不知道什麼時候被調包了。」

最不解的，是負責搬運小提琴的寺澤。

「這怎麼可能！」寺澤呆立在當場，怔怔地低聲說。

青山完美重現了整個過程，百合根感到不可思議的同時也鬆了一口氣，原來青山真的看穿了這個事件裡的機關。

戶波課長將兩把小提琴放回琴盒，問寺澤：「休息室裡發生了什麼事？」

「什麼都沒有啊，我就只從他那裡接過了兩只小提琴盒而已。」

戶波課長說：「我們沒看到兩只琴盒，就只有在它們被送到休息室的那一小段時間而已，一定是在那時候發生了什麼事！」

「對。」青山說。「像這樣重演一遍，冷靜判斷就能明白，可是真的發生在現實中，大家都失去了冷靜，看不出問題出在哪裡。」

「可是剛才在排練室看著時，兩只琴盒裡的確是放進兩把不同的小提琴，柚木小姐也拉給我們聽了，那把高級仿琴到哪裡去了？」戶波課長問。

青山指指門口，道：「那裡。」

所有的人一齊往門口看，黑崎手裡拿著小提琴盒站在那裡。

黑崎無言地走進房裡，然後把他手裡的小提琴盒交給青山。這只琴盒和另外兩只顏色和形狀都一模一樣，青山把那只琴盒放在兩只琴盒旁，打開。

裡面出現了仿史特拉底瓦里的高級小提琴。

「換句話說，是這麼回事囉？」戶波課長說。「你們趁寺澤不注意，在休息室裡把其中一只小提琴盒調包了。」

「對。」青山點點頭。「我事先要黑崎把這只裝有史特拉底瓦里仿琴的小提琴盒藏在休息室裡，離開時，我帶的兩把小提琴都是這種平價的普通小提琴。我想實際發生時應該更容易辦到，畢竟那時候休息室裡四處都擺放著樂團成員的樂器盒，就算有同樣的小提琴盒，也不會有人覺得奇怪。」

「等一下！」寺澤說。「你這樣不公平。如果沒有那邊那個叫黑崎什麼的人，這個手法就不成立了。」

「對啊。」青山很乾脆地承認。「這起竊盜案如果沒有人協助是不可能完成。有了這個協助者，小提琴盒就有三只，小提琴也有三把，數目就對了。」

「你是說，有人在休息室裡準備好了第三把小提琴？」

「而且是史特拉底瓦里。」

一聽青山這麼說，戶波課長就大聲說：「你說什麼？」

青山接著說下去：「我說要讓事件重演，我在這個房間裡交給寺澤的兩把都是普通小提琴，所以絕對不能打開琴盒，實際發生時應該也是如此。」

「你是說，案發當時從這裡拿出去的小提琴，兩把都是畢索洛蒂？」

「對。正因如此，回來的時候也才會都是畢索洛蒂，原因是這裡本來就沒有史特拉底瓦里。因為有人已經把史特拉底瓦里準備好放在排練會場的休息室了。」

「為什麼要這麼做？」

「所以我就說是變魔術啊。因為得在排練時當著辛島秋仁和大家的面前演奏真正的史特拉底瓦里，所以柚木小姐就讓大家以為她帶了史特拉底瓦里。」

所有偵查員都朝柚木優子看。百合根看到她的臉都青了，感覺到她的優雅正一點一滴地流失。

青山說：「我知道的就只有這麼多，至於為什麼需要變這場魔術，我就不知道了，接下來只有翠才能揭曉。」

一直一臉憂鬱地站在一旁的翠在眾人的注目之下，嘆了一口大氣。她照例雙手抱胸，豐滿的胸部和乳溝更加突顯，但似乎沒有偵查員在意這些，每個人的注意力都集中在另一件事上，人人都想趕快聽聽她的說明。

## 13

「這個謎，假如不是小松先生遇害，也許無法解開。」翠說。「因為，聽了剛才青山的說明之後，我想大家都知道能夠調換小提琴的，只有柚木小姐本人，或是她非常親近的人。」

「妳的意思是，失竊案是自導自演？」戶波課長說。

「是的。」

「為何要這麼做？且排練時柚木小姐也確實拉了史特拉底瓦里啊！」

戶波課長與好幾名偵查員都看向柚木優子，想聽聽她的說明。

柚木面無表情地站著，臉色依舊蒼白，視線落在地上，即使如此仍顯得無比堅毅，顯然是沒有主動說明的意願。

然後，百合根看向辛島秋仁，只見他咬緊牙根，一臉強忍痛苦的神色，似乎也不打算要說話。菊川則是表現出前所未有的慌張失措，也許他正試圖要設法解救窘困的柚木優子。

翠回答了戶波課長的問題：「排練時拉的史特拉底瓦里，應該不是柚木小姐的。」

「妳說什麼？」戶波課長盯著翠看。

「我沒有聽過那把琴的聲音，無法一言斷定，排練當時沒有錄音，所以也不可能進行聲波分析，但是除了柚木小姐自己，應該還有一個人在排練時就發現那把小提琴不是柚木小姐的。」

「誰？」

翠望向辛島秋仁，偵查員也追隨著她的視線朝辛島秋仁看去。

他注意到這些視線，環視眾人之後，將視線投向翠。

「我嗎？」

「是的。樂器的音色表現有很大的部分要仰賴拉琴者的技術，尤其像小提琴這種弦樂器，運弓技巧的好壞至關重要。柚木小姐那天用自己的弓拉了別人的史特拉底瓦里，我想幾乎沒有人會發現，不過辛島秋仁另當別論。」

「為什麼說是我？」

「因為你可以聽到人類聽閾外的泛音。」

翠取出犬笛。

「這是無聲笛，是用來訓練狗的笛子，會發出兩萬赫茲以上的聲音，狗聽得到，但人聽不到。昨天我在這裡吹了這個笛子，只有一個人、只有你，發現了這個笛子的聲音。那個時候我就確定，你，和我是在同一個聲音的世界裡。」

辛島秋仁點頭。

「我承認，我知道妳的耳朵有多敏銳時，我很吃驚，也第一次感受到遇見同類的喜悅，可是這又能證明什麼？」

「姑且不論小提琴固有的音色，每一把小提琴都有自己的個性。我們知道，每一把小提琴的個性是長時間由特定的人演奏而養成的，就我的經驗，這樣的個性差異在人類聽閾外特別明顯。換句話說，」翠聳聳肩：「只有你和我才聽得出來。」

辛島秋仁露出一絲笑容。

「只有妳和我才聽得出不同，這是無法證明的，而且排練時柚木小姐拉的史特拉底瓦里的琴音妳又沒聽到。」

「對。」翠點點頭。「所以我才會說，假如小松先生沒有遇害，也許失竊之謎就無法解開了。」

辛島正努力想了解這番話的含意，只見他緊鎖眉頭直盯著翠。

偵查員都不敢發言，一定是人人都判斷這時候最好由翠來主持大局，但其實可能是大家都不明白他們在說些什麼吧——百合根心想。

百合根自己不是很清楚，儘管終於明白了失竊案的手法，卻還不知道動機。他知道小提琴有其固有的音色，而且會因為樂手的個性有所改變，這他也能夠想像。高手的確有高手的音色，技巧和弓的影響雖大，但樂器本身會因樂手而改變也是不容否認的事實，他記得翠和菊川曾經談論過這一點的科學驗證。

翠看著柚木優子說：「妳在排練時拉的史特拉底瓦里，是遇害的小松貞夫先生的吧？」

柚木優子也回看翠，她的臉色變得更差了，儘管如此她還是沒有失去一貫的沉著。

翠繼續說：「柚木小姐並沒有將史特拉底瓦里帶來日本，所以排練時辛島先生說希望她拉史特拉底瓦里，才不得不耍這花招。這場演奏會應該有很多樂迷也是衝著柚木小姐的史特拉底瓦里而買票的，假使柚木小姐沒有帶史特拉底瓦里來日本這件事曝光了，想必會掀起不小的風波。」

「原來如此。」戶波課長說，「既然沒有史特拉底瓦里，當然就沒有辦法帶到排練會場去，所以兩只小提琴盒裡都是畢索洛蒂啊。」

「這件事誰都無法證明吧。」辛島說。

「假如小松先生擁有史特拉底瓦里，就可視為一項證據。換句話說，在今天的這個實驗裡，黑崎扮演的便是小松先生。為什麼小松先生得死？因為一旦他擁有史特拉底瓦里的事實被公開，一切就都瞞不住了，有人想要守住失竊案的祕密。」

「慢著！」田端課長說。「先別急，命案的部分什麼都還沒有得到證明，我們也還無法確認小松先生是否擁有史特拉底瓦里。」

田端課長很謹慎，這是當然的，他不希望到了這時候功虧一簣。提出這麼多尚未經過確證的事，若是有人湮滅證據或是進行造假，案子會更難辦。

翠對柚木優子說：「妳在接受警方問話時心情幾乎沒有受到影響，回答失竊案的問題都是依著實情，沒有必要說謊。只要是關於妳自己的行動的也都不必說謊，可是妳卻說了一次謊。」

即使如此，柚木優子的態度依然不變。

翠指著命案現場說：「就是被問到妳與辛島先生、小松先生在那個房間裡談些什麼的時候，妳說小松先生對妳和辛島先生抱有敵意，所以妳們討論這件事，到此為止應該都是真的，但是妳卻有所隱瞞。除了這件事，妳們應該還討論了一件很重要的事才對，關於這一點，」翠的視線移到辛島身上。

「辛島先生同樣也有所隱瞞。」

「隱瞞？」辛島開口，「即使如此，我們三人，不，如今是兩個人了，除了我們沒有人知道談話的內容。」

「只要有我和那邊那位黑崎在，就能分辨得出是否說謊或有所隱瞞。」

辛島一臉訝異。

百合根認為應該對大家說明，便接著發言了。

「這兩人的組合有如『人肉測謊機』，結城翠能夠聽出人的心跳變化，黑崎敏銳的嗅覺能夠感應出腎上腺素等人類興奮時會分泌的物質。」

辛島看著翠說：「換句話說，這也是靠妳的聽覺才辦得到。」

翠點點頭。

「只不過我並不想要這種能力就是了。」

田端課長又說話了：「停！不能再繼續談論這些未經證實的事了。辛島先生、柚木小姐，等事情都獲得證實了，我們會再向兩位請教。現在先不說別的，連密室殺人之謎都還沒解開。」

「密室。」翠呻吟般說。「不能換個字眼嗎？」

田端課長對翠說：「事實如此，有什麼辦法？」

「那種狀況根本不是密室。」

「妳說什麼？」田端課長瞪大了眼睛。

「我們家青山不是已經解開謎團了嗎？」

「出入口嗎？不，我還是無法理解。」

翠指著命案發生的那個房間。

「那個小房間有兩個出入口沒錯吧？一個是通到這個客廳，另一個是通往寢室的門。寢室也有兩個出入口，一個是通往命案現場那個小房間，另一個是通往浴室和洗臉台，然後這個客廳也可以從那扇門進入浴室和洗臉台。」

翠指著一扇門，有鍊條的大門旁，就是通往浴室的門。

「換句話說，要從這個客廳到發生命案的房間有兩條路可走，一條是直接從那扇門過去，另一條是先從那邊經過走廊到浴室，再經過寢室過去。進這個套房的大門上了鍊條鎖，所以大家就會一直認為那是間密室，就像青山說的，這是變魔法的手法。問題是發生命案的那個小房間有兩道門，而兩道都沒有上鎖，換句話說，根本不是密室。」

田端課長依序看著客廳裡的幾扇門，一面思索。

「可是，不管到發生命案的小房間有多少條路，死者都是在實際上沒有人能夠出入這間套房的狀況下遇害了。」

「就像先前青山說過好幾次，這並不合邏輯。既然有人死在無法進出的房間裡，就應該認為殺人的人就在那裡。」

「殺人的人在那裡？」

「剪斷鍊條進到套房的人，首先會來到這個客廳，然後從那邊那扇門朝命案現場看，才發現了屍體。那時候，兇手可能從另一條路到寢室，或者是藏身在通往浴室的走廊上，接著裝作事後才趕來，從那扇門出現在客廳裡。」

「我記得，報告是說……」田端課長想了想，「剪斷鍊條進入房裡的是兩名警員和柚木小姐，還有飯店的工作人員，緊接著三名義大利人趕來……」

「三名義大利人當中，卡羅和柚木小姐一起確認了門上了鍊條，所以不可能躲在這個房間裡。」

「這麼一來，就是剩下那兩個，可是這兩個人說他們在對面房間裡。」

「理論上是不可能的。這兩人當中有一人躲在這房裡，只有這個可能。因此這兩名義大利人當中，有人說謊。」

「但是，沒有證據證明他們誰說了謊。」

「柚木小姐的未婚夫安東尼奧說他聽到了小提琴的聲音。」

「什麼意思？」

「這個房間有隔音設備，關上門以後，隔壁房間應該聽不見小提琴的聲音。如果在對面房間都能聽到聲音，那隔音就沒有意義了。」

「原來如此。」

「他知道有人在拉小提琴，就表示他在這個套房裡。安東尼奧大概是忘了這一點，才會順口說他聽見小提琴的聲音吧。」

「好。」田端課長說，「這一點也包括在內，等我們有了充分而確鑿的證據，會再來向柚木小姐和辛島先生請教。」

「從剛才的說明課長您也明白，」翠繼續說，「柚木小姐和辛島先生是不可能直接參與命案的。」

「這也是日後再來說了。」

於是，辛島秋仁開口了：「沒必要。」

田端課長轉頭看辛島，辛島的表情顯示他已下了決心。

田端課長問：「你說沒必要是什麼意思？」

「我現在就把一切說出來。」

結果，房間入口那邊突然有名女性口氣嚴厲地說：「不能現在說！」房裡所有的人都朝聲音的來源轉過頭去，是擔任經紀人的福島玲子。她接著又說：「如果還有什麼話要談，我們得有律師在場。」

百合根心想，這可不是什麼好兆頭。青山和翠的解說，畢竟是太早了些，田端課長擔心的就是這種狀況——音樂會的主辦單位很可能會想盡辦法隱瞞事實，同時質疑偵查的合法性。律師多半會對嫌犯的權利提出嚴密的法律解釋，也可能會反過來告警方毀謗，要一一突破這些法律問題，會非常耗時費力。

主張偵查要謹慎的田端課長早就料到這個局面，所以認為首先得先找到物證才行。這一次，ST若被說是獨斷獨行也只能乖乖承認，百合根勢必得負起這個責任。

福島玲子態度強硬地說：「好了，辛島先生、柚木小姐，走吧，我們沒有任何理由要被拘留在這裡。」

然而，辛島秋仁和柚木優子都沒有要走的樣子。

在場的每個人都在等著誰會開口，首先打破僵局的是辛島。

「我不走，現在就把一切說出來，這麼一來，警方應該也能理解才對。」

福島玲子仍是一臉嚴肅，說：「我有義務要讓音樂會順利進行，所以至少在音樂會結束之前，不能讓警方出手。」

「妳把音樂家當什麼！」說這句話的，是菊川。「在遭到警方懷疑這種不穩定的精神狀態下，妳以為能有好的演出嗎？然後只要音樂會順利結束，辛島先生和柚木小姐怎麼樣妳都不在乎嗎？」

福島玲子沒想到會受到這號人物的指責，一時之間不知如何是好。

「不用擔心。」辛島說。「我又不是要自白、認什麼罪，只是把確切發生了什麼事說出來而已，這麼一來，我想警方一定也能理解。」

辛島接著看向柚木說：「妳還是去沙發那邊坐下來吧，看妳一臉隨時要昏倒的樣子。」

聽他這麼說，偵查員也總算注意到柚木優子的情況，她大概是耗太多心力，臉色非常差。

菊川說：「請坐請坐，我去幫妳倒杯水吧？」

「謝謝。」柚木優子說，百合根覺得好像好久沒聽到她的聲音了。「水就不用了。」她緩緩穿過房間，在一張沙發上坐下。

「不好意思，我也要坐下了，話說起來可能很長。」辛島說。

田端課長點點頭：「請。」

辛島淺淺地坐在沙發上，兩手手肘靠在雙膝上，雙手交握，食指抵著嘴唇，思索片刻，看來是在腦海中整理思緒。

「一切，都從我向柚木小姐提出希望她在排練時拉史特拉底瓦里開始。對，那時候我並不知道她並未將史特拉底瓦里帶來。」

「請等一下！」福島玲子打斷他。「現在說出這件事……」

柚木優子緩緩轉過頭去看福島玲子，然後開口：「確實如此。一旦有人發現了，就無法再欺騙下去了。」柚木優子看向翠：「我沒想到除了辛島先生之外竟然還有人會發現。」

福島玲子沉默了。

辛島繼續說：「對，柚木小姐的想法是，最好沒有任何人發現，就裝作在排練時拉了史特拉底瓦里、讓所有人以為史特拉底瓦里確實存在，並且就在這樣的狀況下舉辦音樂會。她的心情我能理解，畢竟大家都是如此期待。」

戶波課長問：「那麼，實際發生的事，真的就像今天重演的那樣？」

「是的。」辛島點頭。「我在歐洲曾經好幾次聽過柚木小姐拉史特拉底瓦里，所以我知道那是不同的琴。」

「那麼，柚木小姐在排練時拉的史特拉底瓦里是誰的呢？」

「正如幾位所推論，是小松先生的。實際上是某個財團所擁有，借給小松先生使用。小松先生是了不起的小提琴家，配得起這樣的權利。」

戶波課長向搜查三課的一位係長使了一個眼色，那位係長立刻離開了房間，應該是去證實小松貞夫擁有史特拉底瓦里。

辛島接著說下去：「為了柚木小姐的名譽，我要先聲明，這真的只是為了隱瞞柚木小姐沒有將史特拉底瓦里帶來，才使用的一點小伎倆而已，而且實際構思、執行的不是柚木小姐，而是她的未婚夫安東尼奧，沒錯吧？」

辛島向柚木確認。

柚木優子說：「事到如今，無論怎麼說聽起來都像藉口吧。可是辛島先生說的沒錯，我不希望社會大眾在音樂會前知道我已沒有史特拉底瓦里了。」

「那妳原本是打算在音樂會上拉畢索洛蒂嗎？」菊川問。

「我一直猶豫不決，不知道應該拉畢索洛蒂，還是該向小松先生借史特拉底瓦里，然後裝作是自己的來拉。」

辛島說：「純粹就音樂的觀點而言，我認為畢索洛蒂就夠了。且事實上，柚木小姐的畢索洛蒂音色美妙極了，若是讓聽眾在未知的情況下測試，十個至少有八個聽不出是史特拉底瓦里還是畢索洛蒂，然而柚木小姐還是顧慮到社會觀感和主辦單位的意見。」

「我聽過柚木小姐拉史特拉底瓦里的DVD-Audio。」翠說。「那是柚木小姐的史特拉底瓦里沒錯吧，為何這次沒帶來日本呢？」

柚木優子深深吸了一口氣，再緩緩地吐出來。她這麼做的同時，百合根彷彿可以看見她全身緊繃的力氣都潰散了。

她面露至今未曾見過的苦澀表情說：「是為了救安東尼奧。安東尼奧開設連鎖餐廳曾經非常成功，賺了很多錢，可是不知不覺經營開始走了下坡，安東尼奧為了重振聲勢借了一大筆錢，而借他錢的是他過著奢華生活時認識的黑手黨。忤逆黑手黨就等於死，安東尼奧說有我的史特拉底瓦里就能救他一命。樂器可說是我的生命，可是真正的人命是什麼都換不來。」

柚木優子淡淡地陳述，但百合根認為，這些話的背後一定有著無法訴諸言語的苦惱，她一定是努力克服了這些苦惱，才得以繼續她的音樂生涯吧。

「可以問一個問題嗎？」青山說。

「請說。」

「安東尼奧會魔術嗎？」

柚木優子點點頭。「他年輕的時候在一家餐廳表演餐桌魔術，他成功的起點就是獲得那家餐廳老闆的賞識，將餐廳交給他經營。」

「果然。」

柚木優子的聲音裡帶著一絲悲傷：「我喜歡的並不是富有的安東尼奧，我喜歡的是熱愛魔術、天真爛漫的安東尼奧，但是他變了，一心只想著擴大連鎖餐廳的事業，才會找上黑手黨幫忙。老實說，我把史特拉底瓦里交給他，是打算當作分手費，可是他不願意分手，不是因為他還愛我，而是他需要我的名氣。」

柚木優子說到這裡就說不下去了。

辛島替她接下去：「把史特拉底瓦里換成畢索洛蒂，對她來說真的只是為了度過一時的難關，可是安東尼奧卻想要進一步加以利用。」

柚木優子點點頭：「對，但我不肯答應。因為安東尼奧開始策畫想得到失竊的保險理賠。最初，他只要我在排練時在大家面前拉史特拉底瓦里就好，可是回到飯店之後，安東尼奧卻把事情鬧大，釀成失竊案。」

「是這樣啊……」戶波課長說，「回到飯店，如果沒有確認盒裡的東西，就不會發生這起失竊案了。這就能解釋你們為何到了第二天才報警，因為安東尼奧利用這段時間來籌畫。」

「其實不是籌畫，是我和安東尼奧吵了一整晚，最後我還是吵不過他。」

辛島說：「我聽到琴遭竊，非常訝異，警方來到我家時我完全不知道發生了什麼事。」

翠問：「可是，在前一天的排練中你已經發現柚木小姐拉的史特拉底瓦里並不是她的吧？」

「對，所以才更加不明白究竟是怎麼一回事，我腦中一片混亂，這時候屋漏偏逢連夜雨，小松先生開始話中帶有威脅之意。柚木小姐原先以為小松先生是出於善意幫忙，也難怪她會這麼想，畢竟是大學時代曾經教過自己的人，但是媒體開始大肆報導之後，小松先生便說起他才是這次音樂會成敗關鍵這類的話。」

田端課長問：「具體來說，他提出與錢有關的要求嗎？」

「沒有。」辛島一口否定，「小松先生並沒有那麼卑劣，但是他渴望出名，想誇耀自己的能力，站上比我們更高的位置。我感覺得出假如他向媒體揭露柚木小姐沒有史特拉底瓦里，事情會變得很嚴重，所以我才會決定找他和柚木小姐三人一起談談，也因為這樣，我們約在這個房間碰面。」

「那麼，談的結果呢？」

「很順利。小松先生也不想毀了音樂會，我們彼此表示尊重，達成了協議。」

翠對柚木優子說：「妳隱瞞的就是這些內容了？」

柚木優子點點頭：「還有另一件事，關於安東尼奧。」

「安東尼奧？」

「安東尼奧知道小松先生有可能把史特拉底瓦里的事告訴媒體，爆跳如雷，因為如此一來，他詐領保費的計畫就落空了。」

田端課長向其中一名係長說：「現在有人監視著安東尼奧嗎？」

係長回答：「有，一直派兩人守在門口。」

「拘捕他。」下完令後，田端課對福島玲子說：「沒有異議吧？」

福島玲子漠然別過臉說：「我只對演奏者負責，安東尼奧我管不著。」

「那麼，我們還有工作要做，告辭了。」

田端課長率領的命案組的人員都離開了房間。

緊接著，走廊傳出吵鬧聲，一陣義大利語的咒罵之中安東尼奧被拘捕了。

柚木優子背脊挺得筆直，坐在沙發上動也不動。百合根佩服她強大的意志力，然而仔細一看，她的肩膀正微微顫抖，接著，淚水自她筆直望著前方的眼奪眶而出。

命案組的偵查員一離去，房裡瞬間變得空蕩蕩，竊盜案組眾人不知該說些什麼，只是站在那裡，看來個個若有所思。

菊川打破了沉默：「好了，竊盜案也要做個了結。」他的聲音聽起來非常消沉。「呃，柚木小姐正式的罪狀是什麼？」

「竊盜案？」戶波課長說。「這哪裡算竊盜？竊盜得要有東西被偷才成立。」

菊川一臉吃驚地看著戶波課長，百合根的心情也與菊川相同。

「可是，失竊險那些問題……」

「根本不存在的東西怎麼保得了失竊險？萬一真的詐領了保險金，那就是詐欺罪，可是又還沒有人領到保險金。是不是，寺哥。」

一被點名，寺澤皺起眉頭：「既然沒有小偷，就輪不到我們出場了。」

百合根擔心起來：「可是媒體已經報得天翻地覆了，說柚木優子的史特拉底瓦里遭竊。」

「活該，這下媒體丟臉丟大了。」

「不，丟臉的會是我們警方啊。」百合根說。「因為，召開記者會的是警視廳。」

「所以說召開記者會務必要謹慎。三課在記者會上是這樣說的：『柚木優子小姐所擁有的史特拉底瓦里疑似失竊』最重要的就是這『疑似』兩個字啊，又沒有一口咬定，所以各大報的報導都很含蓄，那些在吵的，都是電視的談話性節目吧？那他們活該！」

「哦……」百合根聽了這些話還是擔心。

戶波課長說：「總之，整件事都解開了，只是多虧了ST的幫忙，實在讓人有點不服氣。不過呢，接下來才難處理啊。就算警方沒有逮捕人，媒體也不會不作聲的，柚木小姐沒有史特拉底瓦里這件事一傳出去，很可能會受到抨擊，那些談話節目一定連音樂會都不會放過。警方沒辦法裝聾作啞，得把整件事的來龍去脈做個交代。」

一聽這話，福島玲子頓時慌了。

「別鬧了！這樣一來，將大大衝擊整場音樂會，沒有別的辦法嗎？」

「妳把警察當什麼！」戶波課長恢復了他天生嚴峻的表情。「只能照實發表，這是我們的工作。」

百合根想像辛島秋仁和柚木優子接下來將要面對社會什麼樣的反應，實在無法感到樂觀。

菊川看來垂頭喪氣，青山也難得地無精打采。

這時候，柚木優子說：「刑警先生說的對。」

她眼中已經沒有眼淚，臉上的表情也說明了她已下定決心。

## 14

「我會發表聲明，宣布這次的音樂要拉的是畢索洛蒂，然後把這一切的經過全部在媒體之前說出來。」

她的語氣是毅然決然的，百合根感覺到，她的氣場回來了。

「這怎麼行！」福島玲子抗議。「這樣音樂會的吸引力會減半，在會前宣布這些事，會影響票房。」

「胡說八道！」菊川氣憤地說。「對妳來說，到底什麼才是最重要的？柚木小姐現在正努力克服心中莫大的悲傷和痛苦，她甚至可以取消公演回歐洲，但她卻說要為聽眾演出。」

「可是她也不拉史特拉底瓦里了啊！」

「對音樂家來說，心愛的樂器是什麼，妳懂不懂？失去史特拉底瓦里最傷心的，就是柚木小姐啊！更何況，我認為是不是史特拉底瓦里根本不重要，今天聽了她拉的國產普通小提琴，我都感動到流淚了，那音色好美，我想聽的不是史特拉底瓦里，而是柚木小姐的演奏！」

「我也這麼想。」青山說。「就像辛島先生說的，在不知情的情況下讓聽眾聽，根本分辨不出琴的高級與否，偉大的不是樂器，是音樂家！」

兩人的抗議，令福島玲子大吃一驚，頻頻眨眼。百合根則是對青山竟然會為了別人如此認真而打從心底感到驚訝。

辛島說：「無論如何，我們無法在曖昧不明的狀況下舉辦音樂會，柚木小姐若是要召開記者會，我也一同出席吧。」

福島玲子慌了，「我沒有權限可以答應這個要求。」

「這是我和柚木小姐的音樂會，我們可以作主。」

「沒錯。」菊川說。「要是主辦單位不答應用畢索洛蒂演出，兩位就取消音樂會回歐洲好了，非史特拉底瓦里不聽的聽眾就不用來了，不能理解柚木小姐為安東尼奧所做的犧牲的人，以後也不用聽柚木小姐拉小提琴了。」

辛島微微一笑。

「刑警先生說的一點也沒錯。該解決的問題要一一解決，我們失去了首席樂手，排練的時間也十分有限，必須先找到新首席，重新展開排練。樂團成員也因為小松先生的不幸身亡而大受打擊，但是我們必須要克服悲傷，已經沒有時間猶豫不決了。」

福島玲子無話可說了。她的立場艱難，這是可以理解的，這場音樂會並不是她主辦，她只是接受主辦單位的委託管理音樂家而已。

百合根對福島玲子說：「同樣站在中間管理者的立場，請容我冒昧建議。重要的決定，交由上層的人去判斷就好。」

福島玲子垂下雙肩，嘆了一口氣。

「只是，我們警方也不能完全不做任何處置。」戶波課長說。「畢竟惹出了這麼大的風波。」

菊川瞪大了眼，說：「這什麼話，剛不是才說沒有所謂的竊盜案嗎？」

「但卻害我們白忙了一場。」

「刑警先生說的沒錯。」柚木優子說。「我是應該受罰。」

「這次罰得可能會有點重。」戶波說。

菊川一臉要咬人的樣子，百合根也認為無可奈何，畢竟竊盜組無法就這樣結案吧。

「是什麼罪狀？」菊川問。

戶波課長仍是一臉嚴峻，說：「竊盜。」

「可是，你剛說竊盜案不成立。」

「她偷了別的東西。」

「她偷了什麼。」

「我們的心。」

菊川頓時愣住了，百合根也為之啞然。

戶波繼續說：「今天在排練室，妳的演奏讓我們著迷。我從沒好好聽過古典樂，可是，該怎麼形容呢？妳讓我覺得不能不再聽一次，所以要罰妳請我們和ST去音樂會。」

「這是濫用職權吧！」菊川說。「講難聽點，根本就是恐嚇了。」

柚木優子微微一笑。

「這不是處罰，反而是讚美了。大家願意來是我的榮幸，我當然要邀請你們來聽。」

戶波立刻露出開心的表情，卻故意裝嚴肅。

青山噗地一聲笑出來：「什麼心被偷了，又不是在演魯邦三世。」

戶波臉紅了，對青山大吼：「囉嗦！」

# 15

安東尼奧一直否認犯行，但在搜查一課追問之下最終難以辯駁，終於坦承殺人。據説是青山的解説幫了大忙。最令安東尼奧喪氣的，就是兩次的魔術竟然都被破解。卡羅和法蘭柯也被疑為共犯，但調查的結果顯示他們只是遭到利用，當然也證實了柚木優子與殺人一事完全無關。

安東尼奧自白後，專案小組便解散了。ST恢復了以往安靜的、太過安靜的日常情景，辦公室裡沉默一如往常。

翠戴著抗噪耳機翻著雜誌，百合根不知道後來辛島還有沒有繼續和她聯絡。辛島是否正傾全力準備音樂會，而無暇與翠聯絡呢？這兩個人置身於一般人無法想像的聲音的世界裡，恐怕沒有其他人能夠理解他們之間的共鳴吧。

在命案發生的那個飯店套房，辛島為何會主動想説出一切呢？那個時候，正如田端課長所説的，幾乎沒有物證，若辛島保持沉默，也許至今案情仍陷於膠著。

多半是因為音樂會在即，想早點解決問題吧。

但，百合根覺得還有別的理由，就是翠。

辛島頭一次遇見與自己一樣擁有超人聽力的人，也許是與她的共鳴，促使辛島開口。假使沒有翠，也許辛島會一直保持緘默，守住祕密，那結果又會如何呢？百合根不知道，只是可以確認的是，這次的案件又再次讓人認識到翠的重要。

柚木優子與辛島秋仁召開了緊急記者會，柚木優子說出史特拉底瓦里已不在自己手中，也說出了因為安東尼奧而失去小提琴的事，並且宣布音樂會將以她愛用的畢索洛蒂來演奏。

關於這一點，辛島秋仁是如此評論的：「時代一直不斷更新，我會盡最大的努力，期許這次的音樂會能在音樂史上寫下新的一頁，而我相信，柚木優子小姐的畢索洛蒂將在幾世紀之後，也會被後人當作名琴來演奏。」

媒體的反應不一而足，有的將焦點放在柚木優子與安東尼奧的愛恨情仇；有的將焦點放在她來日本之前手中便已沒有史特拉底瓦里，指她詐欺；

有的惡意批評音樂會的吸引力大減、沒有看頭；有的指責她竟然將堪稱人類文化遺產的史特拉底瓦里作為借款的抵押……

百合根覺得，這簡直就像打開了為世上帶來所有災禍的潘朵拉的盒子，然而潘朵拉的盒子裡，最後悄悄出現了「希望」。

的確，報導中也有「希望」的存在。音樂雜誌中也有報導明言「就算將史特拉底瓦里換成了畢索洛蒂，柚木優子的魅力也絲毫不減」。無論什麼地方，都還是有良心存在，端看一個人想聽哪一邊的說法——百合根這麼認為。

翠戴著抗噪耳機的樣子便是最好的象徵。她聽得見所有的聲響，有時候必須擋住這些聲響，好傾聽自己的心。現代人置身於資訊的洪流之中，也許翠所感覺到的聲音的世界也是同樣狀態。

我們有時候也需要資訊的耳塞吧，百合根這麼認為。

# 16

「喂，我這樣穿可以嗎？」戶波課長在大廳裡顯得坐立難安，他身邊那群刻意打扮的人也很引人注目。

照明溫和偏暗，腳底下是仿天然石的地板，人們從容地交談著。

寺澤就在戶波課長身邊，也是一臉不自在。

菊川對戶波課長說：「別擔心，穿什麼不必那麼在意，只要是穿西裝打領帶就夠正式了。」

百合根的穿著也和平時沒有兩樣，深藍色西裝配暗紅色領帶。以前要參加古典音樂會，確實大多都會穿著非常正式的服裝，戶波課長的記憶應該還停留在那時候吧，百合根也有印象。

所以因為父親的關係拿到這次音樂會的票他也不怎麼開心，覺得音樂聽CD就夠了。但他也和戶波課長一樣，在排練室裡聽到柚木優子演奏的那一瞬間他就改變想法了。那一天，她拉的是普通小提琴和雖號稱高級品但也不算出色的小提琴。若是用她心愛的小提琴來拉，究竟會拉出什麼樣的音色呢？

磯谷刑事部長和田端課長也來了。對他們來說，音樂會是很不熟悉的場合，正在擔心自己是否有什麼不得體的地方。

百合根身邊是ST的成員。青山的穿著沒有什麼問題，深藍色的西裝外套搭配灰色的法蘭絨長褲，白色牛津襯衫搭斜紋領帶；黑崎是黑色外套和黑襯衫，黑長褲和黑皮鞋；赤城則是以駝色外套搭配咖啡色格子長褲，雖然沒打領帶有點休閒風，但近來這在音樂會上也不成問題；山吹的打扮最適合古典音樂會，只見他黑西裝白襯衫，加上深藍色的領帶，一身高雅，只是他剃著光頭又穿著黑西裝，難免有幾分像是可疑人物；翠穿著酒紅色的雞尾酒禮服，是下班離開科搜研時才換上的。低胸，更加強調出她的豐滿曲線，裙長雖長，但開叉很高，所以暴露的程度和她平常穿的迷你裙相去不遠。

菊川對青山說：「結果花錢來聽這場音樂會的就只有你一個。」

「不管花不花錢，音樂的價值都不會變，我可不覺得花了錢就吃虧，這是價值觀的問題。這場音樂會無論花多少錢，我都覺得很值得。」

聽青山這樣回，菊川顯得有些不甘心。

「你不是有兩張票嗎？另一張給誰了？」

「翠。」

菊川瞄了翠一眼。

「可是，辛島秋仁應該也邀請她了吧？」

「她說她有票就婉拒了。」

翠應該聽得見兩人的談話，但她什麼都沒說。

鈴響了，一行人進入會場。獲柚木優子之邀的警視廳一行人坐成一橫排，只有青山和翠的位子跟他們不在一起。大家都就座之後，翠來到百合根他們這邊。

「拜託，坐走道邊的人，可不可以跟我換？」

翠有幽閉空間恐懼症，大概無法忍受兩邊都有人的狀態。

坐在靠走道位子的是菊川，「好。我跟妳換。」菊川從翠手裡接過票，換了位子。

「我可得小心，別以為曲子結束了亂拍手。」坐在百合根旁邊的戶波課長說。

「怕在樂章與樂章之間拍手嗎？」百合根問。「別擔心，第一首曲子是孟德爾頌，樂章之間沒有停頓；下一首是柴可夫斯基，只要等最後拍手就好。」

觀眾席的照明暗了下來，樂團成員走上舞台，各就定位，開始調音。

舞台上在照明下閃閃發光的樂器多美啊——百合根心想。弦樂器的紅褐色、銅管樂器的金黃色、木管樂器的各色光彩。

調音的聲音，令整個會場充滿期待，百合根也開始感到雀躍。以前也不是沒有參加過古典音樂會，但每次都覺得無聊，應該是對音樂的理解不夠，只是為了培養氣質才來聽的關係吧，然而今天他的心情截然不同。

辛島秋仁與柚木優子從舞台兩邊出現。辛島秋仁是經典的正式穿著，打著黑色領結，柚木優子身穿有光澤的藍色長禮服。

辛島秋仁沉著一如往常，他大概是無論走到哪裡都一派自然吧；另一邊，上了舞台的柚木優子無疑是個大明星，甚至令人感到雍容華貴。

辛島秋仁拿起指揮棒，雙手一舉，整個交響樂團立刻有所反應。

指揮棒一揮。正覺得前奏很安靜，突然間小提琴獨奏便演奏出那無人不知無人不曉的主旋律，那一瞬間百合根就被迷住了。小提琴拔高的高音包含著所有的情感，只是演奏出旋律，便令人起雞皮疙瘩。

辛島秋仁的指揮很容易明白，他指向哪裡，哪裡就確實地發聲。左手朝木管樂器一指，那裡便發出樂音，朝銅管樂器一指，那裡便發出樂音。對小提琴則是以明顯的動作指示強弱，多帥氣啊。自在地指揮著樂團，這正是令人看得懂的指揮。

樂團樂音厚實，柚木優子也不遑多讓，能清楚感受到她所發出的強烈氣場。第一樂章的高潮，是在整個樂團演奏的主旋律中，柚木優子的畢索洛蒂所展開的琶音。

主旋律明顯地襯托出琶音，在柚木優子的小提琴面前，無論再好的交響樂團都會淪為陪襯。不禁令人遙想，孟德爾頌當初在腦海中描繪的應該就是這樣的演奏，而這正是辛島秋仁的目的吧。

不久，第一樂章在最後的高潮後結束，由雙簧管銜接至第二樂章。主旋律出現。多麼柔美的旋律啊！原來孟德爾頌的小提琴協奏曲第二樂章竟是如此優美、溫柔——百合根好感動。

就像之前對青山說過的，百合根對孟德爾頌不感興趣，因為小提琴協奏曲的主題太過流行，整體給人的印象是一種小巧的協奏曲，然而今天這場演奏完全顛覆了他的想法，尤其是這第二樂章，怎麼能這麼美？柚木優子的小提琴和著樂團低吟的樂聲，優美地演奏著。

辛島秋仁的指揮如行雲流水，辛島秋仁本身也像是在吟唱。

百合根心想，這第二樂章的演奏，他一定永生難忘。

辛島秋仁的動作一變，變得又小又快。

第三樂章。

演奏是高低起伏，甚至堪稱帶有喜感，木管在跳舞，弦樂在跳舞，就連辛島秋仁好像也在跳舞。而在他們之間，柚木優子奇蹟般的琶音不斷出現，形成獨奏與交響樂團的對話。

辛島秋仁的指揮棒在空中劃出大大小小的圓，身體在愉快的左右搖擺中，完美地控制了樂團演奏的強弱。柚木優子的獨奏中不時展現撥弦的技法，木管樂器追著撥弦聲，樂曲一路邁向最終的高潮。辛島秋仁的指揮絕非是激動地亂髮紛飛，但他全身都在躍動，看起來像是一流舞者般行雲流水，滿是優雅與從容。

刺激的演奏一結束，聽眾齊聲拍手，百合根也忘情地拍手。本來擔心拍手拍錯時間的戶波，也張著嘴，忍不住向前傾身，拍著手。

那些事應該在辛島秋仁和柚木優子心中投下了陰影，若是一般人處在這樣的心理狀態下，恐怕已無法專心排練，他們卻成功克服了，是他們強韌的意志力使這番精采的演出化為可能，百合根為此感動不已。

樂團再度開始調音，辛島秋仁靜靜等候。他的指揮棒再度揚起，樂團頓時靜止下來。接著指揮棒緩緩動了起來，柴可夫斯基D大調小提琴協奏曲前奏靜靜地開始，指揮棒和左手的動作，有如撫摸柔軟的絲絹般滑順。

漸漸地張力越來越強，小提琴的獨奏徐徐加入，在中音域中演奏出優美的主旋律，再度在高八度上反覆。炫技般的獨奏響起，辛島秋仁顯然將注意力集中在曲子的速度上，看得出是要讓獨奏發揮到極致。演奏輕輕地繼續，柚木優子展現出小提琴優美的樂音。

辛島秋仁的動作漸漸加大，彷彿要激起聽眾的期待，迎接第一樂章最後最感人的主旋律。木管的聲音攀上了柚木優子細緻的琶音，接著樂曲急轉直下，辛島秋仁的指揮棒一閃，整個交響樂團齊聲演奏主題，那快感令百合根震顫。

主旋律重複了兩次。辛島秋仁停止了雙手的動作，他也與聽眾一起享受這感人的主旋律，只有肩膀配合著曲子的節奏而動，之後才又開始小而急促地揮動指揮棒。

不久，樂團停止演奏，完全交由獨奏撐場，柚木優子的技巧展露無遺，辛島秋仁也完全靜止，聽得入神。百合根幾乎快忘了呼吸，切切實實地感受到柚木優子的專注力。

辛島秋仁緩緩揮動指揮棒，木管悄悄加入，重複主旋律；弦樂也加進來，與獨奏展開絕妙的對話。演奏逐漸加速，迎向終曲，第一章樂結束。

第二樂章以木管樂器柔和的引導開始，柚木優子如歌吟唱般的小提琴獨奏加了進來，音色悠然自得，寬大包容，柔韌豐富。她的小提琴唱出了悲傷，唱出了忍受痛苦，唱出了失去，然後也唱出了人們一定能夠克服悲傷、痛苦與失去。這些百合根都清楚地感受到。

這一晚的孟德爾頌的第二樂章確實令人印象深刻、終生難忘，然而這柴可夫斯基的第二樂章也同樣感動人心。

演奏突然加快，拍子變得強而有力，第三樂章開始了。辛島秋仁以「特技般」來形容的，應該是這個樂章吧。這段演奏充滿了速度感，柚木優子與小提琴完全合而為一，樂音彷彿是從她全身上下發出來一般。一個轉折，開始悠然演奏起美麗的旋律，接著又突然加速，柚木優子的琶音果真是炫技，然而音色卻清澈響亮又不失豐富。

樂曲來到結尾，更添速度感，接著整個交響樂團的主旋律重現，辛島秋仁此刻根本可以說是在跳舞，他以全身來表現樂曲的感動。緊接著是大團圓，柚木優子的弓不斷激烈快速地彈跳。

演奏在餘韻中結束，會場頓時轟然作響——百合根是這樣感覺。

掌聲與歡呼齊聲送向舞台。

辛島秋仁低著頭像是沉浸在餘韻中，片刻後抬起頭，請樂團團員站起來，然後朝觀眾席行禮，掌聲與歡呼更加響亮，全體聽眾都站起來了。

百合根不知道自己是什麼時候站起來的，忘情地拍手。

刑警也全站起來了，他們都希望這幸福的感覺能夠永遠持續下去。

辛島秋仁與柚木優子握手，再與樂團首席握手，然後再度向聽眾行禮，與柚木優子一起從舞台側離去。

掌聲久久不停。

「啊！沒聽過這麼有戲劇張力的孟德爾頌。」

音樂會結束後，在大廳裡，菊川興奮地說。

青山不斷點頭：「孟協頭一段小提琴獨奏的主旋律就決定了一切，今天柚木小姐的演奏實在太完美了！第一個音符就抓住了聽眾的心，真厲害！」

百合根也有同感，如此動人的演出，不是輕易聽得到的。新東京愛樂交響樂團的實力也不容小覷，儘管必須面對小松貞夫的死，他們仍完美達成辛島秋仁的要求。

青山問翠：「吶，覺得怎麼樣？」

翠想了想，然後說：「很感動。」

「辛島先生要是聽到了，一定會很高興。」

青山這麼說，翠的樣子顯得有些不知所措。

「吶，頭兒，我們去後台看看啦！」

百合根猶豫了。

「可是，辛島先生可能不想見我們啊，一般人經歷過這樣的事情，都不會想再看到警察。」

「翠一定是例外。」

青山只是想搭翠的便車而已，百合根很清楚，然而他也想，說不定辛島也很想見翠一面？

「說的也是，雖然可能會吃閉門羹，我們就去看看吧。」

「警部大人，」菊川怯怯地說，「我也可以一起去嗎？」

「當然可以啊。」

菊川顯露出前所未見的開心表情。

赤城說：「我要回去了，我不擅長這種交際。」然後又加了一句話：「幫我轉告音樂會很棒。」

「我也就此告辭了。」山吹說。「演出後他們一定很累，不會希望有太多人拜訪吧。」

黑崎也默默地跟著赤城和山吹走了。

百合根和他們告別後，走向後台，通往後台的門前有音樂會的工作人員，還以為會被攔住，沒想到輕易便放行了。在走廊上，遇見了福島玲子，百合根不禁緊張了起來，他想福島玲子一定對警方很反感，不料福島玲子看到百合根他們卻露出開心的笑容。是因為音樂會大獲成功，一切就一筆勾消了嗎？

福島玲子對百合根說：「醜聞反而成為負面行銷，反應熱烈極了，就算花上幾億廣告費，都不會有這麼好的宣傳效果。」

百合根心想，這個人果然一如外表所見，非常堅強。

「請問，我們想找辛島先生，可以嗎？」

「哦，在那邊，我帶你們去。」

福島玲子敏捷地邁開步子，百合根他們跟著她走。

辛島的休息室擠滿了人，被花束淹沒了。他一看到翠，便草草應付了其他人，來到門口。辛島周到地向百合根、青山與菊川都打了招呼，青山和菊川分別表示演出非常精采，百合根也說了類似的話，但他覺得再怎麼說，都無法表達他此刻的感動。

辛島對翠說：「妳來了。」

翠回答：「因為有票就來了。」

「演奏如何？」辛島直視著翠的眼。

翠筆直地回視他說：「很感動。」

「真的嗎？」

「真的，那麼多的聲音優美地重疊在一起，彷彿有自己的意志似的，我第一次對聲音有了感動。」

辛島燦然微笑，「能聽妳這麼說，比什麼都讓我高興。」

這兩個人究竟是怎麼聽今天的演奏的呢？百合根在心中想。他們互相理解的次元，一定比我們高得多吧，他們一定共享著更加豐富的聲音世界。一想到此，不禁有點嫉妒。

辛島朝百合根看，說：「柚木小姐也很想見你們，你們去看看她吧？」

聽他這麼說，百合根他們便前往柚子優子的休息室，那裡也是人山人海。

一看到百合根他們，柚木便委婉地請那些看來像是音樂界人士和贊助商離開。他們不情不願地離去後，房裡只剩下她和百合根、菊川、青山和翠。

柚木優子對百合根說：「我要感謝警方，讓我今晚能在這場音樂會中演出，謝謝警方寬大的處置。」

百合根回答：「我想妳心裡一定很痛苦。」

柚木優子平靜地微笑著說：「如果沒有音樂，我可能已經死了。」

「怎麼這麼說……」

「反過來說，只要有音樂，我就會活下去，我就能繼續前進，這次的演奏讓我學到了這件事。」

這時候，百合根想起了柴可夫斯基的第二樂章。

「好精采的演奏。」

「謝謝誇獎。」

百合根等人離開了休息室，才一走各方人士又湧進了柚木優子的休息室。

他們正要離去時，有人喊了翠的名字。回頭看，只見辛島站在那裡。他動了動嘴巴，很小聲地說了什麼，百合根什麼也沒聽見，然而聲音一定傳進了翠的耳中。

只見翠點點頭，注視著他，辛島轉身走進他的休息室裡。

# 17

一走出會場，便颳起一陣冷風，令人誤以為冬天來了。落葉在水銀燈照耀的灰暗地面上盤旋飛舞。百合根後悔沒穿大衣出門。翠豎起喀什米爾外套的衣領，從出了會場那時起，翠的態度有了微妙的變化，好像放下了什麼似地，筆直前進。

菊川和青山仍舊興奮不已，討論著今天音樂會的種種，百合根以前完全無法想像這兩個人竟有如此意氣相投的時候。

百合根看看翠的側臉，覺得她看來心情不錯，於是大膽問：「辛島先生臨別時說了什麼？」

菊川和青山對這個問題也有反應，只見他們豎起耳朵，等翠回答。

「遇見妳真好。」

「就這樣？」菊川說。

「就這樣不行嗎？」

菊川有點慌。

「不是啦，不會不行，可是我以為他應該還有很多別的要說。」

「什麼別的？」

「就……」菊川更慌了，「好比說，下次再見啦，我一定會再來找妳之類的。」

「他幹嘛要來找我啊！」

這時候，菊川忽然正經起來，避開翠的眼，說：「我是覺得挺相配的。」

「什麼啊？」

「就是妳和辛島秋仁啊，不是嗎？妳們說起來算是同類，這世上竟然還有另一個像妳這樣的人，多令人驚訝，妳可能再也遇不到像那樣的人了。」

「拜託，不要把人家說得好像什麼珍禽異獸好不好，我又不是朱鷺什麼保育類動物的，別想要我去交配繁殖。」

「什麼交配……」菊川眼看著連路都走不好了。「我不是那個意思，只是覺得你們兩個所認知的聲音世界跟我們不一樣，一定有別人無法理解的共嗚啊。」

「那又怎麼樣？」

翠的語氣也正經起來。

「我們的確一樣擁有敏銳聽覺，可是這只不過是代表我們能聽到同樣的聲音而已，重要的是，聽到那聲音之後有什麼感覺不是嗎？」

「話是沒錯啦。」

「長久以來，我聽了音樂，也只覺得那只不過是聲音的集合而已，就欣賞音樂這一點，你和青山都比我優秀得多。」

「覺得音樂只是聲音的集合？」

「對，說得極端一點就是這樣。就算擁有同樣的聽力，我想成為聲納手，他則是選擇了音樂這條路，這就和一般人各自選擇不同的路是一樣的。」

青山說：「我懂翠的意思。」

菊川說：「但我不懂。」

「人的感覺是不可靠的。你聽到的聲音和我聽到的聲音，很可能其實根本不同，可是這也無法證明。與其證明這些，一起談論聽了聲音之後有什麼感覺才是更重要的溝通，這才叫作共鳴。」

菊川一臉不解，「我還是不太懂啊。」他對翠說。「妳說妳對音樂沒興趣，那今天的演奏，老實說妳覺得怎麼樣？」

翠回答：「就像你覺得感動一樣，我也很感動啊。感動，不就是這樣嗎？和聽覺沒什麼關係。」

聽她這麼說，菊川的表情好像顯得高興了一點。

百合根說：「難不成你是在擔心翠會和辛島秋仁一起到歐洲去？」

聽百合根這麼說，菊川的臉就突然垮下來了。

「胡說什麼，我才不擔心！」

百合根心想，他一定是害臊了。

翠露出勝利的笑容，菊川朝她瞄了一眼，臉色更難看了。

「喂，」青山說，「我肚子餓了。」

百合根問：「你怎麼沒說『可以回去了嗎』？」

「聽了那麼美妙的演奏，我才不想回去呢。」

翠說：「好冷喔，我想吃關東煮。」

「啊？」菊川睜大了眼，「聽完古典樂的精采演出，竟然想吃關東煮？」

「對，關東煮配熱清酒，頭兒也會一起來吧？」

「樂意之至。」

「那就這麼決定，我知道一家不錯的店，走吧！」

翠不著痕跡地挽起菊川的手。

菊川一愣，身子都僵了，他很緊張。

翠不管，硬拉著菊川走，看起來簡直就像女兒挽著父親的手。

那算是翠的回報嗎？百合根心想。或者是翠對菊川的關心感到高興呢？

翠一反往常，顯得情緒高昂，然而這也許是寂寞的反動也說不定。

辛島秋仁的出現，的確多少在翠的心裡留下了影子。

頭一次遇見擁有相同能力的人，然而卻切實體會到他與自己並不住在同一個世界。辛島秋仁活在音樂的世界裡，而翠則是從ST的工作中獲得成就感。翠並不是辛島秋仁的伙伴，而是ST和警視廳菊川的伙伴，她一定是認清了這一點，百合根看著手挽著手走在前面的翠和菊川，心裡這麼想。

「畢索洛蒂的音色真美。」青山對百合根說。

「是啊，很美。」

「根本不需要史特拉底瓦里。」

「對，辛島先生說，他們會寫下新的歷史。」

「我覺得真的會喔。」

百合根點點頭。這場音樂會的樂評一定每一篇都讚譽有加吧，就算不是，也一定有很多人懂得今天這場音樂會的價值。對辛島秋仁和柚木優子來說，這才是最重要的——百合根認為。

「你們兩個好慢！」翠挽著菊川的手回頭說。「不等你們了喔！」

菊川一臉為難地看百合根，不過為難歸為難，的確也顯得很高興。

百合根偷偷忍住了笑。

娛樂系 041

ST警視廳科學特搜班：綠色調查檔案

作者 今野敏
譯者 劉姿君
審訂校對 賴譽夫
責任編輯 王淑儀
美術設計 POULENC
書衣裡插畫 chocolate
內文排版 高嫻霖

發行人 林依俐
出版 青空文化有限公司
台北市大安區敦化南路二段105號10樓
讀者服務信箱：service@sky-highpress.com

總經銷 大和書報圖書股份有限公司
電話 02-8990-2588
印刷 前進彩藝有限公司
出版日期 2015年10月 初版一刷
2021年12月 二版一刷
定價 280元
ISBN 978-626-95272-1-2



**國家圖書館出版品預行編目 (CIP) 資料**

ST 警視廳科學特搜班：綠色調查檔案 / 今野敏著；劉姿君譯．
-- 二版．-- 臺北市：青空文化有限公司，2021.12
240 面；　10.5 x 14.8 公分．--（娛樂系；41）
ISBN 978-626-95272-1-2(平裝)
861.57　　110017228

青空線上回函